好像少了谁

〔日〕宫下奈都 著

王华懋 译

南海出版公司

新经典文化股份有限公司
www.readinglife.com
出　品

目 录
Contents

1	序章
4	预约 1
33	预约 2
59	预约 3
83	预约 4
111	预约 5
138	预约 6
167	尾声

序章

砖造的老房子已褪去光鲜的色彩,昔日肯定绯红明媚的屋顶长满了爬墙植物。

推开沉甸甸的木造门,迎面便是一句温暖的"欢迎光临"。我看见自店内现身的老板娘笑脸,松了一口气,这才发现原来自己紧张万分。

踏过擦拭得光可鉴人的地板,被带往店里。小小的餐厅每一个细节都用心经营,眼中看到的一切都亲切可人。初次造访,却怀念不已。我发觉,原来我一直渴望来到这里。

"HARAI",这是这家店的名字。

在桌位坐下，打开菜单。汤有三种，前菜也有三种，每一样看起来都很可口，但我还不怎么饿。下午五点四十七分。距离约好的时间，还有十分钟以上。

我抬起看菜单的视线，悄悄环顾店里。厨房传来清脆的碰撞声，老板娘机敏地在桌间穿梭。

可能是因为时间尚早，店里还有很多空位。这家餐厅很难预订，等会儿一定就会慢慢坐满。想象店里逐渐洋溢起热闹的笑声，是一件乐事。

可是有一个不自然的空位。那一桌的客人已经就座，对面却没有人。应该已经预约的座位孤零零地空着。

少了什么人。

真可怜，我想。为那个不能来的某人、为那个等待着没来的某人的人。我没有想到我自己。明明也有可能约好的六点到了，我的对面也无人现身。

不经意间，我冒出一个古怪的想法。

少了什么人。不知何时开始，我似乎就一直有这种感觉。我不知道少了谁。那个我应该认识的谁、尚未谋面的谁。那是谁？总有一天会见到吧。不知道。我只知道，我一直在等待什么人。

少了的那个人，会不会是……我？我是不是想要找回曾几何时的我？或是想要邂逅尚未得见的新的我？

店里回荡着低调的音乐声。这曲子叫什么来着？对了，好像是霍尔斯特的《行星组曲》①。没错，是《行星组曲》里面的"水星"。

闭上眼睛，专注聆听了半晌音乐。曲子不长，一下子就结束了。然后我静静地叹息。

我在这里。少了的那个人，不是我。

---

① 《行星组曲》是一组由英国作曲家霍尔斯特创作的管弦乐组曲，完成于一九一四年到一九一六年之间，全曲由七个乐章组成，分别以太阳系中的七个行星命名。

预约 1

　　每次经过天桥，我的胸口总是期待得怦怦跳。缓步走上灰色的水泥道，来到半途，就会兴起一股仿佛正朝天空走去的错觉。两侧的景色自视野消失，坡道就这样朝天空延伸而去。
　　步上漫长的坡道后，另一头便是广阔无垠的大海。
　　遥远的海面在灿阳下闪闪发光。远远地也可以看出大海随着深度变换色泽。浓碧、群青、靛蓝，然后越来越接近深蓝，最后在彼端与天空融为一体。
　　大海的这一侧，尖锐的绿意摇曳着，是成片的玉米田。记忆中的玉米高耸而笔挺，绿荫下密密麻麻地结着饱满的果实。

没错,但那都是在记忆之中。

即使穿越天桥,也没有绿色的农田,也没有应该就在彼端的大海。只有绵延不断的人家的屋顶。黑色砖瓦屋顶、晾晒的衣物、漆成蓝色的公寓顶楼、银色的大楼、卡拉OK店招牌、电线,然后又是黑色砖瓦屋顶。远处是淡淡的山影。

天空的颜色就不对了。晚霞居然是橘色的,这太不正常了。晚霞应该是粉红色的,天空和云朵、映照着晚霞的大海都染上温柔的粉红色,这才是真正的晚霞。所以这里看到的晚霞是假的。虚假的天空底下,街景在橘光照耀下也显得虚假。我想,俯视着街景的我,或许也同样是假的。

十月也近尾声了,到了傍晚,风吹在身上甚至有点凉意。我在天桥上闭起眼睛。这样做,是不是又能看见大海?

钝重的巨响逐渐逼近。隆隆声规律地迫近而来。直到刚才还觉得嗅到了海潮香,这下却被驶过马路的汽车废气给淹没,再也辨认不出来了。我睁开眼睛,踩着水泥道开始往下走。天桥正下方是铁轨。逼近的隆隆声或许是货运列车,它在我脚底遥远的下方疾驰而去。

从北方小镇来到这里,已经是第八个年头了。大学四年,然后就这样工作了四年。我不知道八年的岁月算长还是短。这长短难辨的岁月里,许多人匆匆出现在我面前又消失。

大学同学里,不只一两人已经换了工作;也有人存了钱,辞掉工作,在世界各地旅游。也听到有人结婚生子的消息。

八年之间,毫无改变的一定只有我一个。我觉得来到这个城市以后,我结束了一切必要的活动。

八年,岁月的长度无法正确估量。比起一页又一页撕下的日历,回顾发生了什么事、当时自己是何状况,更能真实地体会时间的更迭。但由于什么事也没有发生,所以我迷糊了。时间是无法用樱花开了八次、生日过了八次来估量的。樱花究竟是开了八次还是四次? 或许生日也已经过了几十次了,但我毫无头绪,一片混乱。

不管是两次、四次还是八次,都没有什么不同。每天,我路过天桥去上班。混过上班时间后,再返回住处。这样的反复一点一滴,越来越快。一开始或许还能挣脱。这样下去真的好吗?这真的是我想做的事吗?我如此自问,过着每一天。还来得及,还可以改变——想着想着,日子反复的速度越来越快,到了第八次,已经宛如一脚踏进湍急的洪流当中——凭我的力量已经无可奈何、无从遏止的洪流。我被卷入,随波逐流。

即使随波逐流,也感觉不到痛楚了,也不再挣扎了。随着时间过去,我与应该一起被冲走的东西失散了。我被冲往陌生、与人断绝的地方。至少,最后我能够出海吗?

我想起故乡宁静的大海,内心稍微平静了些。

走下天桥,经过幼儿园的校园后方,下一个转角有家像火柴盒般又白又扁平的店。虽然不知道还要多久才能出海,不过我已经完全习惯于在途中转进那个盒子度过时间了。

晚霞。大海。玉米田。有时候我实在不懂,既然如此怀念,为何不干脆回故乡去?——不是有时候。也不是不懂。其实一直以来,我从不明白自己为何生活在此地。

我应该也明白没有回故乡让父母有多么失望。原本我就是和父母说好只有大学四年在外地读书,才离开故乡的。我想父母都一直相信我会回家。母亲好像还拜托伯父为我在故乡觅得了一个工作。一直到很后来,我才从伯父那里听到这事,真是愧疚极了。

明知道父母在等我,我却没有回去。

大学毕业后,我现在在便利店工作。不是说便利店不好。可是如果想在小店工作,回故乡的小店工作就是了。不惜辜负父母的期望也要留在这里工作,而工作的地方竟是便利店,我难以启齿。

"我在一家叫水口商社的地方工作。"

名字听起来像贸易公司,但简而言之就是全国连锁便利店在此地的代理商。除了便利店以外,水口商社还经营房地产、人才派遣、电脑培训、能量石贩卖等等,规模都很小,种类遍及各领域。

规模小反倒好。感觉社长没什么远见或规划，只是不顾后果地见一个做一个，而且感觉似乎有那么点不太正派。如果扩大规模，或许有可能摔得太重，就此一蹶不振。

我在水口商社旗下的便利店，主要负责大夜班工作。

从学生时代就一直交往的未果子告诉我她要结婚，是毕业后第几年的圣诞节来着？是第三次之后吗？不，这样说并不正确。因为这消息不是她告诉我的。依序回溯的话，首先是毕业后第三次的圣诞节前，有大学研究室的聚餐活动。我听大家聊到同届有一个同学——那天没来——最近好像要结婚了。那个要结婚的男同学人很做作，我不是很喜欢，跟他也不熟，所以当时听了也没放在心上。只是大家谈这事时，总有些遮遮掩掩的，让我觉得古怪。因为又没什么好瞒的。这是喜事，大家又都是同届生，何不大大方方聊开来呢？——虽然跟我没关系。当时我这么想。

事后回想，大家是在顾忌我。因为那个傲慢的同届同学结婚的对象,是当时应该是我女友的未果子。我和未果子从十九岁的时候开始交往,直到那一刻,我都不认为我们已经分手了。

我真的无法想象。女生怎么能残忍到那种地步?

听到未果子要结婚,我的身体龟裂了。我好像真的听到"啪啦"一道裂开来的声响。到底是哪里裂开了?我细细摸遍全身,却找不到裂痕。太危险了。如果没注意到身体裂开了,不小心施压,我可能会裂得粉身碎骨。

即使如此,我想我还是有些乐观的。未果子什么话也没有说,我的身体也没有裂痕。我们的关系一如往常。明明想要这样去想,却也提不起勇气找未果子好好谈谈。

在一个寒冷的夜晚,来我住处的未果子戴着一条金项链。她穿着我没见过的大衣,站在狭窄的玄关,不知为何,直盯着我穿旧了的拖鞋看。

"怎么了?不进来吗?"我努力开朗地说。

未果子没有回话。

"那条项链很漂亮。"我走近未果子说。

三链式的金项链衬托出未果子的华美。

"这不是石头。"未果子抬头看我，面色冷若冰霜。

"我觉得适合我的不是石头，而是金子。"

"或许吧。"

我回答，同时未果子吼了起来："你什么意思！"

我不懂她为什么要朝我吼。

"你为什么可以这样随随便便就同意！是谁叫我戴什么能量石的！你真的觉得我适合金子吗？你就不觉得抱歉吗？"

我是觉得抱歉。但不是因为未果子适合金子，而是对于我贩卖打着能量石噱头的石头。不过我并没有卖给未果子。她的能量石都是我送她的。

"你这人是不是哪里不对劲？"

未果子从大衣口袋里掏出一团揉起来的面纸，砸到地上。面纸包里滚出许多小石子。

"反正都是假的！"

我没问什么是假的。因为我怕她回答"你"。假的、不对劲，如果被这么指责的我真的是假的、真的不对劲，那未果子的指责，该由谁以怎么样的方式去接纳才好？

"假的,都是假的!"

我默默蹲下,一颗颗捡起未果子扔过来的石头。

"我听人说要净化能量石,可以用水洗。虽然你说要拿去晒月光,但我拿去用水洗了。然后我发现不太对。因为越洗,石头的颜色就越淡。仔细一看,颜色根本就是涂上去的。什么能量石,根本就是假的!"

贴附在外层的粉饰片片脱落,我拼命用双手捂住。不管再怎么捂,就是不停地剥落。我不知道那是上色的。我恨石头,却又觉得它如此令人怜爱。因为我和这废物般的石头是如此相似。虚荣心、羞耻心,一切都被剥光而毫无防备的赤裸裸的我,或许就应该在这时,以原本的面貌挺身面对未果子才对。

"能量石就不能上色吗?"

或许我应该这么说。想让自己显得好看点,这难道错了吗?努力讨别人欢心,哪里不行了吗?

可是我无法挺身面对。我想未果子早就知道我没那个胆子。表面剥落后,里头空无一物。她离开的时候,最后看见我搂着空洞的身体颤抖了吗?还是她甚至连头也没有回?

好半晌,我就这样颤抖着倒在地上,但我还是披上宛如厚重貂皮大衣的粉饰,一脸没事人般地站了起来。我只能站起来。便利店的工作,一天也不能休息。

因为有未果子——这是我没有回故乡的理由之一。向父母解释的时候,至少未果子的存在比职场更具说服力。她离开了,不回去的理由少了一个。我必须说服的是我自己,而不是父母。

大海前的景观化作一片摇曳的金浪时,我对父母开口说我想学经济,请让我上大学。那是我高二的秋天。这是我第一次表达意志,说我想要离开那个乡下小镇,到有大学的都市去。

当时我认真地认为如果不能理解经济,就无法理解世界。对有些人来说,那或许是政治,或许是哲学,或许是物理学。我痛恨世上的不公,为了设法扭转,每天都焦虑万分。不是为了别的可怜人,而是为了我自己。我的父母每天都辛勤工作,几乎是操劳过度地工作,但家中还是穷困极了。这是为什么？我不懂该从何着手才能解决这个问题，只是认为得先理解社会的根本机制。如果无法理解根本，永远只能是输家。不管是我还是父母。我要接近根本，停止某些部分，矫正某些部分，让某些部分顺畅运转。我认为总有一天我能成为赢家。

"四年过去，我就会回家，继承家业。"我清楚地这么宣告。

在大学学习，掌握到根本后，接下来就只能靠自己的脑袋去思考，亲手去执行。

"你不必继承家业。"父亲说。

我们家不是什么非有人继承不可的世家，也没有多少财产。这我当然明白。

"可是我会回来。"

我是独子。如果我不回家，这个家就只剩下爸和妈了。我觉得这是绝不能有的不孝行为。

"无聊。"父亲说，站了起来。

"咦？"我反问，父亲没有理我。

他说的无聊是什么意思？

"你想做什么就去做吧。"父亲说，然后离开了房间。

我在大学读书，成绩很好，也认为自己学到了不少经济方面的知识。我也和同一间研究室的未果子交往了。可是我完全不了解我想知道的社会的根本。我是个蠢材。

在进入水口商社很久以前，我拿到了其他公司的内定名额。那是一家除了社长以外只有十名员工、具有热忱与理想的公司。多次面试中，我与还年轻的经营层意气投合，对于公司的未来、我们往后的事业，以及今后的世界一再热烈讨论。我浑身是劲。

是得意忘形了吧。我觉得我可以彻底接触到社会根本的最细微的角落。只要努力，或许总有一天我能展现影响力。也许可以让认真打拼的众多父母们稍微轻松一些。我这么痴心妄想着。

大学四年级寒假结束，那家公司倒闭了。

我不懂。我是在哪里走错了？我应该从哪里重来才对？连自己都照顾不好，却奢想要拯救别人，或许是这种狂妄的想法招来天谴了。

如果告诉别人，或许会被他们当成常有的事一笑置之。或许他们会责备我想得太天真。世上还有更多更不幸的人，你能在便利店找到差事，就该偷笑了——我也这么自我排解。那不是我的错，也不是那个满怀热忱的年轻社长的错。理智明白。但是回不去了。我是在哪里跌倒了？为什么会这样一败涂地？我禁不住觉得是我的错，是那个社长的错。

没有理由，连堕落都不行。我把能量石摆在掌心，想要给这时候跌倒在这种地方而自弃的自己一个名正言顺的理由。

大学一年级开始，我就身兼多份工作，以补贴学费。持续最长的工作是便利店打工。或许是因为其他员工多是高中生和主妇，时间自由的大学生特别受到重用。四年级寒假结束，原本内定的公司倒闭时，店长同情我的处境，从春季开始把我转为正式员工。店长把我转为正职，这我很感激。我应该要感激，可是我甚至对感谢之情兴起疑问了。即使不当正职，我也活得下去。就算变成水口商社的员工，又有什么好处可言？

渐渐地，有人吩咐我推销能量石。我在便利店以外的工作时间贩卖能量石。因为有业绩压力，不能连一颗也卖不掉。

一开始是蛋白石，接着是海蓝宝石、蓝宝石、黄玉、贵橄榄石。我一颗一颗买，送给未果子。

我用微薄的薪水不停地购买能量石，连读书时就一直住的公寓房租都快付不出来了。我停止订报、不再骑摩托通勤，连手机也解约了。我数着要锁进便利店保险柜的收款机纸钞，心想如果有这些钱，生活就轻松多了。这么一点小钱就能让生活变得宽裕，我对自己的廉价感到可笑。白天我不外出，也不找朋友。我更回不去老家了。

我赫然惊觉，原来我不是不想回去，而是回不去了。现在，我认识到我是回不去故乡了。

我不是讨厌那个小镇，也不是讨厌爸妈，不是那么单纯的问题。况且我根本就不讨厌那个小镇和父母。那是怎样？究竟是为什么？我连自己都疑惑了。为什么呢？我怎么会变成这样？我想折磨自己、摧毁自己，只能这样来认识自己，嘲笑变得没出息的自己，然后强烈地憎恨嘲笑自己的自己。被憎恨，然后我才能松一口气。松了一口气的同时，也自觉窝囊，眼泪都快掉下来了，然后再嘲笑吸着鼻涕的自己。

我不清楚父亲是否知道我过着什么样的生活。只要稍微查一下就知道了吧。

大概是今年夏天的中元节假期吧，我打电话回家，说我这阵子可能还是回不去，结果父亲问我现在在做什么工作，我只说销售员。我觉得就算是讲电话，如果垂头丧气，好像也会被听出来，便抬头挺胸。或许不管是垂头丧气还是虚张声势都无关紧要。我觉得父亲大概早就知道水口商社是什么，也知道我自弃的心情了。可是父亲什么也没说。

或许父亲也害怕听到我亲口说出来，或许他想要相信不会有这种事，他的儿子不可能这么没出息。

我在便利店经常帮人顶班，在各种时间代出勤，不过基本上多是负责不好找到人的夜班。

其实我很怕夜班工作。我害怕深夜一个人待在店里的紧张,也怕与常人不同的生物钟。因为深夜可以完全不用见到人。因为上夜班,我和朋友也疏远了。这让我松了一口气。或许我会就这样变得只能在夜间工作。我认为夜间工作最可怕的地方在于它会让人觉得即使世上少了自己,也没有什么不同。

"预约到HARAI了哦?"

收银台附近的货架后方传来年轻女人的声音。

"嗯,我一定要去。几点?六点,哟K,哟K。"

好像是在打手机。我漫不经心地想着这个人的"OK"发音好特别,结果一个年轻女人右手提着购物篮,左手拿着还没合上的手机从通道走了过来。眼周贴满了黑睫毛的女人似乎对于电话内容相当开心,面露天真无邪的笑容看着我。

"欢迎光临。"

我在收银台里面招呼说,瞬间女人脸上的笑容消失了。那表情就像在说:对便利店店员展现微笑太浪费了。

我垂下头,发现女人似乎在视野角落摇晃了一下。不是摇晃,是看起来暂时收起的笑容再次绽放了,而且这次是明确地对着我笑。

"你去过吗?"

女人粗鲁地把购物篮放到收银台上,热切地和我搭讪起来。

"HARAI。那家店超好吃的。"

"这,"我支吾应声,"这样啊。我没有去过。我想去看看。"

"哎哟,你说话怎么这么僵啦!"女人笑道。

我好久没跟人说话了。

女人右手提着全是垃圾食品的袋子离去,我目送她苗条的背影,忽然兴起去HARAI看看的念头。

我很早以前就知道HARAI这家店了。那是一家面对邻镇站前广场的小餐厅。

广场铺着石板,就像座圆形公园。车辆不能进入,鸽子与行人悠闲地漫步。正中央有座石造喷泉,长椅在周围朝外摆放。

长椅总是有人坐着。高中生、老夫妻、穿西装的上班族、母亲与年幼的孩子。然后总是有一张长椅是空的。空着的那张长椅对面就是HARAI。店前是露天座位，摆了三四张圆桌。端上来的料理散发出诱人的香味，据说长椅上的客人都会忍不住闻香而去，所以HARAI对面的长椅大部分都是空着的。

"那家店非常好吃哟。"

这样告诉我的，是什么时候的未果子？是还在上大学的时候吗？我没有去过HARAI，却知道店里的气氛，是因为未果子经常提起那家店。她总是说得很开心。每次经过站前广场，我也会对那古老的红砖外观多看几眼。

"尤其是玉米浓汤。"

我仿佛可以听到未果子得意的声音。玉米浓汤的话，我也想喝喝看——当时我这么想，现在也这么想。玉米浓汤的话，我想尝尝看，如果是用父母种出来的玉米做成的浓汤的话。

"玉米的味道超浓的。不对，那里所有的蔬菜都是，有种这才是蔬菜原本滋味的感觉。"

未果子是土生土长的都市人,她是否知道蔬菜"原本"的滋味令人怀疑。即使如此,我还是觉得很开心。兴高采烈地聊着美味话题的未果子让我觉得很可爱。

——非常好吃哟。
——气氛很棒。
——很温暖。
——很怀念。

我觉得好像听到很多称赞。关于那家叫HARAI的餐厅。

"太好了。"我说。

因为我真的觉得很好。

"什么叫太好了?"未果子用一种好似生气的声音反问。不是好似,她是真的生气了吧。

"好吃的话,不就很好吗?而且气氛也很棒的话,那更是太好了。"

我为什么不懂呢?未果子是想要去HARAI。大概是跟我一起。或许她是想要带我一起去。把我带去尽可能美味、尽可能开心的那一边。

未果子还说那里的味道令人怀念。怀念的滋味应该人各不同。如果说以前常吃、熟悉而喜爱的味道叫作"怀念"，那么不想知道、不想确定对未果子来说怀念的滋味是什么的我，根本没资格当她的男友。

我很少在外吃饭。一方面是因为没钱在外吃饭，最重要的还是自己做最轻松而且安心。虽然可以免费拿到店里过期的便当，但我几乎不会想吃。我不是对味道挑剔，而是受不了蔬菜太少。

在外吃饭也是一样。蔬菜少成那样，令人难以置信。不光是营养问题，蔬菜才是最好吃的。我希望蔬菜是主菜。附在一旁聊备一格的生菜，而且是叶尖枯萎、切口变褐的生菜，根本没有蔬菜原本的滋味。

被批评什么原不原本，蔬菜也不情愿吧。听未果子谈论蔬菜"原本"的滋味时，我应该是觉得逗趣的，但实际上如何呢？或许我是站在蔬菜的立场去听了。如果我努力当个蔬菜,却被人批评没有原本的滋味的话。我是不是在心里悄悄感到气愤?

我知道想也没用。就是被批评"你是假货"的那个场面。你不应该是这样的——但我就是这样的。我这人本来就只有这种程度。我不知道该向谁辩解才好,所以对自己辩解。我是想要在谁的面前显得更了不起一点吗?未果子?还是父亲?

被说成不应该是这样的蔬菜一定暗自苦笑吧。然后心底应该也有点开心吧。人们还对它抱有期待,认为它还没有发挥出真正的实力。明明不管别人再怎么期待,枯黄的蔬菜就只是枯黄的蔬菜。而我,也只能是我。

我把在店里的蔬果区买来的芦笋丢进水里。这种季节有芦笋本身就是不自然的事。即使如此,我只要看到这种绿色的细棒子,就无法不拿起来扔进篮子里。故乡小镇有许多农家种植的芦笋,第一年的细枝如盛大绽放的烟火般青翠,第二年的茎从土中笔直抽长。我想起了那清癯的模样,还有令人感到青涩鲜嫩的气味。明知道在店里买到的反季节的这些芦笋，与自小吃到大的芦笋是完全不同的两样东西，我还是不由自主地要买。

雨下个不停。

雨水也渗透到我的脑袋里，我觉得好像有什么事情要想，然而类似想法的念头才一萌生，立刻就被雨水冲走了。想也没用。专心动手吧。虽然没有人教，但我看着看着，自然就学会这样做了。爸妈总是在操劳。我想他们是这样来维持每一天的生活的。

几乎没有什么是我能做的。主要是收款，趁没客人的时候补货，装饰追加的万圣节饰品，把雨天一下子就被踩湿的地板拖干，光是这样就快忙不过来了。

——这叫能量石。

即使自以为脑袋放空了，未果子的声音还是会忽然在耳边响起。

——我觉得对石头许愿实在有点好笑。

才刚想起，我已经怀疑起来了。这真的是未果子说的话吗？那个温柔的未果子会说这种话吗？

——会不会太不负责任、太厚脸皮了？

　　那确实是未果子的声音。我想不起来她是什么表情，大概是因为我低垂着头吧。因为我没有看着未果子的脸吧。

　　——有时候神社不是也会祭祀石头吗？

　　我对未果子说。

　　——自古以来，人们就相信石头具有力量。

　　这是我对未果子说的话吗？还是事后想出来的话？追根究底，我真的相信石头有力量吗？

　　"自古以来"，自己的话做作到令人发噱。自古以来是什么时候？是从什么时候开始算起？我和未果子的这段对话是什么时候的事？后来过了多久？还是我们身处连那点时间也微不足道的巨大时光洪流之中，而未果子和我都是一眨眼就消失在浪头间的存在？

　　我觉得那样也好。我们对话结束以后也仍继续延续的时间，不知不觉将会超越我们共度的时间。这股巨大洪流能让不再见面以后的时间也变得无关紧要。

　　我已经想不起来未果子的话了。后来她说了什么？

　　——哇，好漂亮！

我想起她这么说，把小小的蛋白石放到胸前楚楚可怜的模样。不，那应该是我给她的第一颗石头。记忆的顺序乱掉了。

石头可以用阳光和月光来净化。未果子听到我的话，在满月的夜晚将蛋白石放在阳台上沐浴月光，那是什么时候的事了？

"喂，有人吗？"

蹲身整理杂志架底下的我听到女顾客的声音，回过神来。

"啊，不好意思。"

我小跑步回到收银台。

"抱歉让您久等了。"

任我道歉、报出总额、递出零钱、低头说谢谢，女顾客都一语不发，然后离开店里。

我不该恍惚。而不说话的也不只这个因为我没能立刻结账而不高兴的女顾客而已。我在这里的时候似乎不是人。从穿上便利店制服的瞬间开始，我就不再是个人了。没有人把我当人看。

"无聊。"

我好像听到父亲的声音。

风吹过玉米田,叶子哗哗摇动。巨大的云朵飘过天空,在地面投下阴影。彼端是一片大海。

下午三点过后,偶尔会出现突然没客人的空当。不只是客人,仿佛一切的流动都静止了一般,令我有种栽进时空裂缝般的感觉。比方说走出店里,会看见整座城市淹没在洪水底下,空无一物的漆黑水面,只有便利店的灯光明晃晃地亮着。我好几次想象这样的场面。

有种耳朵突然被捂住的感觉,回神一看,店里空无一人。啊,又来了——我想。感觉就像潜入了水中。听不见人声,我不安着,是不是连自己的声音也听不见了。我好像听到未果子的声音。当然是心理作用。未果子不在这里。

我故意用双手在眼前拍了一下。没事。手掌有点痛。也听见"啪"的一声。不过声音听起来很远。

我只听到心跳声。未果子不在。我在吗?我在这里吗?为了什么?

我离开收银台,去置物柜拿拖把。因为如果一直站着不动,好像会头昏脑胀起来。

"这不是原田吗?"

突然有人从后面叫道,我差点弄掉了拖把。店长叮咛过,有客人的时候不可以打扫。开门的时候应该有铃响,我的耳朵连铃声都没听见吗?

"你怎么会在这里?"

回头一看,研究室的同届同学——要跟未果子结婚的同学站在那里。姓御园的那个人问着,却也不像在等我回答。他一脸诧异,只是看我。

我拿着拖把看御园。我跟他没什么好说的,这是我最坦白的心情。御园的打扮虽然休闲,但对深夜到住家附近的便利店买东西而言,穿戴得相当体面。

御园用有些装模作样的动作把脸转向黑色的窗外。

"雨下个不停呢。"

听到他的话,我才想起外头正在下雨。御园摸着塑胶制的南瓜灯,面露无害的笑容说:"我记得你大学的成绩不差啊。怎么会在这种地方呢?"

店里的监视器应该正拍到现在的我们吧。监视器没有录音功能，所以不知道我俩在说些什么，不过或许可以猜出大概的对话内容。我要怎么回答这个人，才能让这个场面圆满地结束？我想着无人监看的监视器镜头，开口说："我喜欢这份工作。"

我认为御园没有接受这个理由。我也不是在回答他。

"我喜欢在这里工作。"

御园不理会我的回答，话锋一转："未果子都不来这家便利店呢。明明这家店就在从车站回家的路上，可是她就是不来这家，我一直觉得奇怪，原来如此，是这么回事啊。"

连自己都觉得不可思议的是，听到未果子的名字，我的心也没有激起半点涟漪。遥远得就像在谈论另一个叫未果子的陌生人一样。

原来眼前这男人是为了说这些而特地过来的。看似休闲，但这身服装也是精挑细选过的吧。提到未果子的名字时，他或许期待能看到我露出狼狈的模样。

"有什么好笑？"

御园看似宽容的表情一瞬间扭曲了。我好像笑了。

用不着御园问,根本没什么好笑的。

"无聊。"

说出口的同时,不知为何,我觉得无聊透了。即使想要克制,笑声也从嘴巴脱口而出,我"呵呵呵"地笑了。

御园撑伞离开,背影一下子消失在外头的黑暗中。未果子在等他吗?才刚想到,我便打消了念头。想也没用。只要笑就是了。只要说喜欢就是了。只是这样,虽然只有一点点,但感觉就像即将灭顶的船上亮起了灯。既然都要被浪涛吞没,在那之前的片刻也好,点上明灯吧。那么一来,或许就不会在漆黑的汪洋中波及其他的船只了。

我请了假。

仔细想想,开始工作以后,这是我第一次在休假日以外请假。

——非常好吃哟。

——气氛很棒哟。

——很温暖。

——很怀念。

　　我想跟随着未果子的声音去 HARAI 看看。我在比平常更早一点的时间踏上走惯了的天桥。黄昏来得一天比一天早，晚霞已经在西方天际扩散开来了。

　　感觉少了什么人。

　　如果未果子在身边就好了。我允许自己，就再想她这么一次。如果能一起喝着那汤，彼此赞叹"真好喝"就好了。如果能和她谈谈在我的故乡收获的玉米就好了。如果能问问未果子她怀念的滋味是什么就好了。

　　如果父母在身边就好了。我边走上坡道边想。父母的事，不只一次，会多多地想起。下次放假就回老家吧。找个时间请他们来我生活的城市看看吧。请他们看看总算能展露出一点笑容的儿子吧。

　　粉红色的晚霞扩展在无边的天空。天桥就快到顶了。从桥上瞭望，彼端就是大海。

预约 2

即使上了年纪,也一点都没什么不好。虽然肉体不再像过去那样全身上下精力十足,但由于变化是循序渐进的,可以在这段期间完全习惯。脸、脖子、手背开始冒出皱纹,但我本来就不是个美女,所以也不觉得打击有多大。

我从年轻时无益的焦虑、虚荣和欲望这些催逼着自己的事物里解放出来,活得更惬意了。用不着介意流行时尚,也不必心怀大志想再去成就什么。

不过说到唯一不愉快的,就只有那个问题。

——最近有什么新闻吗?

开什么玩笑？你是在问谁？

他们佯装问得轻描淡写，但我明白他们的皮肤底下紧张万分。真可怜，像洋士，自以为在笑的嘴角扬不到顶，还微微发抖了。既然紧张成那样，何必勉强要问呢？明明我的新闻根本不会有人在乎。

住附近的儿子偶尔会来坐坐，闲话家常，喝喝茶，有时在客厅看看电视。

"你啊，别在这种地方摸鱼，快点回家陪贵士吧。你平常不是都很晚才回家吗？偶尔放假，就该陪儿子玩玩接球游戏啊。"

这忠告一半是为了儿子，一半是为了我自己。就算上了年纪，主妇也不得闲。主妇没有退休，也没有星期日。有人一直赖在那里看电视，连地板都不能吸了。

"妈。"

洋士在沙发上回头。他看了一下我手中的吸尘器，笑着说："地板不是才刚吸过吗？"

"咦？"

是吗？

"我忘记吸电视机后面了。快快快，给我让开。"

洋士站起来，笑着走过来说："而且贵士也已经不是要人陪着玩的年纪了。"

咦？——惊叫到了嘴边，我咽了回去。人上了年纪，就特别会打马虎眼。我想起洋士的儿子贵士那胖嘟嘟、滑嫩嫩的脸颊，同时不知为何，也想起他上小学时，我买书包送他的事。还是那不是送给贵士的？不过书包是黑色的，所以可以确定不是送给明里的。

啊，不行。左耳上面好痛。这阵子经常偏头痛。

"贵士今天去学校。去社团活动。"洋士还是一样，语气平和地说。

他从我手中轻轻接过吸尘器的柄，拿到洗手间旁边的储藏柜去收。

"贵士参加什么社团？"

"登山社。"

登山社？那个全身上下都软乎乎的贵士，居然去爬险峻的高山吗？我一时难以置信，但头越来越痛了。

我在沙发上坐下，用左手按住左太阳穴。

"妈，你没事吧？"洋士折回来，担心地问。

"没事。坐一下就好了。"

"我泡茶给你好吗？"

我静静地摇头。体贴的儿子。体贴到近乎古怪的儿子。我的儿子真的有这么体贴吗？

洋士好像无所事事，伸手拿起桌上的橘子，也没有吃，又放回篮子，接着忽然想起来似的看我。我不由得萌生"来了"的预感。

"妈，最近有没有什么特别的事？"

这阵子贵士常问我这种问题。啊，不是贵士，是洋士。这孩子的笑容真假惺惺，虽然嘴角扬起，却是皮笑肉不笑的，总有点可怕。

"我就知道你要问。"我说。

"今年鲤鱼队有不错的新人加入呢。"

"咦，妈也关心球队选拔啊？"

"什么废话。"

说到这里我噤声了。一瞬间，时光静止般地可怕，沉默流过我和洋士之间。

"今年提名排在第一位的是谁？"果然。我就知道他要问。

洋士，为什么你要问这种傻问题？

"考自己的母亲不是什么高尚的行为。"我冷静地看着洋士的眼睛，劝诫地说。

可怜的洋士，这样一句话就让他再也无法反驳了。眼前的洋士努力维持的笑脸扭曲起来，变成他初中青春期时总是挂在脸上的、状似生气又困惑的一本正经表情。

洋士青春期的时候，我不知道该对挣扎着蜕变成大人的儿子说什么，变得寡言。洋士好像也找不到话跟父母说。而丈夫本来话就不多，家里变得安静极了。安静的餐桌上，我努力地埋头扒饭。

从那之后过了几年了？

什么东西像瀑布般流过全身的感觉，让我坐在沙发上，就这样闭上了眼睛。是时光。好几年、好几十年的时光窜过身体流逝而去。

忽然间我理解了。洋士有个叫贵士的儿子，还有一个叫明里的女儿。贵士，没错，贵士已经是大学生了。

他沉迷于登山，脸和身体总是晒得黑黑的。

"明里是美术社的呢。"

可能是因为说得太唐突，洋士露出有点吓一跳的表情，但很快就点了点头。

"是啊。她很像她那喜欢绘画的妈。每天都在画图，头发上老是沾到颜料呢。"洋士平静地笑。

"谢谢。"我也微笑以对。

"我没事的。看，我好好地回来了吧？"

嗯——洋士没出声地点点头。

"那我回去了。"

然后他又露出硬挤出来似的笨拙笑容，挥了挥手。

我想去玄关送他，但洋士制止说："不用了，妈头痛还没好吧？最好躺着休息一下。我很担心，妈。"

是明里说想去 HARAI 看看的。

"有一家叫 HARAI 的餐厅，听说超好吃的，没有大人陪，小孩子不能自己进去。"

"那全家一起去就好了呀。"

明里好半晌没回话，但她突然把桌子另一头的身体探了过来。

"奶奶可以保密吗？"

"保密什么？"

"就是不要讲出去嘛。"

她的口气与说的内容相反，比起隐藏秘密的紧张，看起来更像为了欣喜而雀跃不已。

"奶奶，我跟你说，我想介绍一个人给你。"

"哎哟？"我忍不住笑逐颜开。

想去HARAI其实是借口吗？明明还是个连正式餐厅都不能进的小女生，居然说要介绍男朋友给我。

"感觉超棒的哟。"

明里看起来很开心，我也跟着高兴起来。

"是同一所高中的同学吗？"

"咦？啊，是啦，不过我是在说HARAI。那家店气氛超好的。"

"哦，那当然啦。"说完之后，连我都对自己的回话介意起来。

明里也有些惊讶地看我。

"奶奶,你知道HARAI?"

我知道。不知道。不,我知道那家店。可是……我不知道。

"奶奶,你还好吗?你怎么了?"

明里担心地看着把手按在太阳穴上沉默下去的我,她的肌肤柔软有弹性,说起话来声音清脆,眼睛漆黑有神。

没错。以前我也有过这样的皮肤、声音和眼睛。我以为那是当然的。我很年轻,最喜欢他,他也深爱着我。

"爸爸呢?"

我忽然抬头,明里像是被我吓了一跳,慢慢地坐回椅子上。

"爸爸?爸爸今天没来。应该还在公司吧。只有我一个人放学过来看看。"

我知道明里在挑选措辞。她的小心翼翼让我不耐烦。

"什么没来,爸爸本来就住在这个家呀?"我才刚说完,头痛就变得像在阵阵戳刺眼球深处般剧烈。

爸爸。

谁？我叫爸爸的那个人是谁？

"奶奶，你还好吗？要不要叫妈过来？"

我勉强摇摇头，双肘支在桌上，用手掌撑住额头。

妈？妈是谁？

我曾经被人喊妈。到现在还是有人喊我妈。那是谁？

"奶奶，我说奶奶，你没事吧？"

这个绕到我面前的年轻女孩。跪在我身旁抚摸我背部的女孩。

"明里？"

听到我的声音，女孩松了一口气，脸颊放松下来。

"啊，太好了。奶奶，你快把我吓死了，看你好像突然不舒服。"

对了，我是这女孩的奶奶。是这女孩的父亲的母亲。

可是不只这样。说到"爸爸"时，那种在鼻腔扩散开来般的淡淡甜蜜。为什么呢？爸爸会有什么甜蜜的感觉呢？

"对不起啊，让你担心了。我没事了。"

我露出笑容，明里总算放心地站起来。

"要喝水吗?"

她就要走向厨房,却突然踌躇地回过头来,又问了那个问题:"奶奶,最近有什么新闻吗?"

虽然这问题让我不舒服,我还是努力佯装平静。

"有啊,孙女说她想介绍她的男朋友给我。"

明里羞红了脸,害臊地笑了。

"爸爸。"

我悄悄说出声来。在孙女回去以后的客厅里。

"爸爸,她说HARAI呢。"话自然地溜出唇间。

HARAI。

如果爸爸带着甜蜜的味道,那HARAI到底是什么?那是轮廓更加模糊、褪了色但触感确实的记忆。

爸爸。爸爸。

即使呼唤也没有回应,太奇怪了。爸爸应该总是在我身边的。

为什么亲人总是若无其事地探问我有什么新闻呢?我又为什么无法好好地回答呢?

一思考头就痛。所以我尽量不去思考。我觉得好像忘了什么重要的事，可是头痛的时候想也没用。经验教会我这件事。

早上醒来后，一切如同往常。感觉一切都恢复原状了。充满适度的活力、理所当然地想要积极快乐地度过一天，就是这样一如往常的早晨。我醒得很舒爽。

打开窗户的遮雨板，天空一片澄澈，脸颊感受到全新早晨的沁凉空气。啊，总觉得睽违已久了。如此令人舒畅的早晨，光是这样就让人感觉到活下去的价值。

脑袋一片清新，这么说来，不知是否是心理作用，这阵子一直作痛的肩膀今早也觉得轻松了许多。我认为天气果然有影响。或许是气压。低气压的时候，脑袋也好似罩了一层雾，阴阴沉沉。肩膀也会酸痛。像今天这种晴朗的日子，总觉得会发生什么好事。

"爸爸。"

隔壁床已经空了。

他这阵子都醒得很早。或许是先起床看报去了，或是在厨房泡咖啡。

我在睡衣外披上罩衫离开卧房。西侧的窗户还一片阴暗,早晨甚至有点微凉。我想下楼,忽然感到一阵不对。

怎么会这么冷?楼下的空气冷透了。感觉不到人的气息。

我抓着楼梯扶手,好半响动弹不得。不是一如以往。有什么地方决定性地不同了。楼下半点声响也没有。我就这样慢吞吞地在楼梯最上阶坐下。出了什么事。或是早已出了什么事。没错,有什么事确实发生,然后只有我一个人被抛下了。

好似恢复往常的舒适只带来了舒适的错觉,现实似乎依旧维持着已发生的模样。

"爸爸?"

我呼唤总是在这里的人。婚后几十年,一直住在这个家的人。

"爸爸?"

孩子出生后,彼此开始用"爸爸""妈妈"相称,正因为如此相称,我俩关系变得更为紧密。他必须就在这里。

但同时，他也一定不会出现在这里。

我坐在楼梯上，拼命驱动理应一片清爽的脑袋。这股朦胧的悲伤、暧昧的苦楚。

丈夫大概已经死了。而我无法接受这个事实。我承受不了几乎疯狂的悲伤与痛苦的煎熬，从那里逃开了，是吗？

这种浑沌不明，是我觅得的避难所。忘却与混沌降临，我一定是委身其中了。是身体判断这样总比发疯或死掉要来得好吧。可是，我不管是疯了还是死了都无所谓的。那样还要更好。因为每当碰上偶尔造访的正常时刻，我就必须重温丈夫的死。终有那么一天，我会能够平静地接受这个事实吗？

七十五岁——这个数字冷不防掠过脑海。这样啊，是七十五啊。丈夫好像是在七十五岁时过世的。脑溢血——这个词再次掠过。他，丈夫，爸爸。我尽是惊慌失措地看着。词语无法在脑中顺利地连结在一起。

我坐在楼梯上，动弹不得。我没有勇气走下无人的客厅，也不想再回卧房。

寒意从脚底逐渐侵袭上来。刚才在床上醒来时，我还那样地心满意足、还忘了他早已不在的事实。

如果能就这样从楼梯上摔下去,或许我也可以永远不再醒来。这就像一股无比甜蜜的诱惑,而我很清楚我不会那样做。万一只滚到一半就停了,下场就凄惨了。万一只会痛得要死,却没死成的话。

我认为想着这种事的我是在害怕。我怕死,也怕痛。也就是我不想死吧。所以我才会逃避。看在别人眼中一定很窝囊吧。那样深爱的丈夫死了,只剩下自己一个人,记忆变得残缺不全,却还想继续活下去,想要珍惜着与他的回忆活下去。就算变成老年痴呆,身体也不灵活了,给儿子和儿子的家人添麻烦,回头想想,还是想要活下去。我怕死。我无法接受我从这个世上消失,还有我心中的他消失。

我得了重感冒,在洋士家养病。其实待在自己的家里最舒服,但浩美说不能让我一个人在家躺着。请在我家待到病好吧,就算病好了以后,妈也可以永远待下去——浩美说。这样洋士也比较放心。她这样说,向洋士征求同意。她真是个好媳妇。

听说我人倒在楼梯上。一想到万一一脚踩空,滚下楼梯,就让人毛骨悚然。幸好没事。幸好浩美发现了我。尽管这么想,另一方面我却也悄悄遗憾:要是能在没有知觉的情况下从楼梯上摔死就好了。

感冒好了以后,我也尽是昏睡。躺在温暖的房间里昏昏沉沉地打着盹,便搞不清楚时间的经过了。有时以为只躺了五分钟,结果睡了大半天;或是觉得睡了好久,其实只过了一个小时。喉咙不太渴,肚子也不太饿。连自己都搞不懂这样算是活着还是死了。

"我回来了。"

走廊传来招呼声,纸门慢慢地拉开来。

"奶奶,你醒着吗?"

还穿着制服的明里溜进房间来。

"进奶奶房间前要先洗手哟!"

听到浩美的叮咛,明里回应道:"我洗过了!"然后在我枕边跪坐下来。

"奶奶今天觉得怎么样?"

"嗯,已经完全好了。"

结果明里身体前屈,把脸凑过来小声说:"等奶奶好了,我们一起去HARAI吧。"

"HARAI?"

我反问,明里的表情一下子沉了下来。

"难道奶奶忘记了?"明里说,然后惊觉似的闭上嘴巴。

"对不起哟,明里,奶奶好像忘记了,"我笑,"不用那么客气。反正奶奶什么都记不住了。"

我一点都不讨厌自己这样说,也不讨厌明里问我是不是忘记了。我讨厌的是被询问今天有什么新闻。我希望他们别再这么问。可是在说出口之前,我又忘了这件事了。

今天已经好多了,我差不多该回家了——我说,但他们挽留我再住一阵、再住一阵,至少住到周末,结果我不知不觉就住了下来。

原本我一直卧床不起,但渐渐地可以起身,到客厅沙发坐着,不久后便可以帮忙做一些简单的餐点了。

"妈,不用忙啦,您坐着吧。"下班回来的浩美歉疚地说,但什么都不做更让我难受。

"我说浩美啊,你同意的话,至少让我准备晚饭吧。一直什么都不做,感觉人都要痴呆了。"

我只是随口说说,浩美的表情却瞬间闪过一阵紧张。看来痴呆是不可以拿出来说的字眼。大家似乎都非常担心我。

"那如果妈愿意的话,就麻烦你了,"浩美很快就振作起来说,"我也来趁这个机会学学妈的拿手菜好了。"

浩美笑咪咪地向我撒娇,场面总算没有被我弄僵。

炖牛肉、高丽菜卷、含羞草色拉。

在做拿手菜的时候,我可以稍微"恢复往常"。我自己也可以清楚地感受到。我的身体记得,思路也变得清晰,活力十足。今天要做哪些菜呢?

洋葱色拉、绞肉可乐饼、意式肉卷。

"意式肉卷?"

是把猪肉片拍薄,包上生火腿炸成的肉卷。原本好像是用生火腿包猪肉,再用白酒去蒸。但我灵机一动,改成用炸的,结果大受好评,从此以后,家里的意式肉卷就都是这么做的。每次端出这道菜,总是会引来一阵欢呼。虽然做起来耗时间又费精力,但家人的笑容让这些时间和精力都值得了。那就像闪光一样浮现在脑中,又一眨眼消失。是现在已不复记忆的,当时围绕在身边的笑容。即使如此我还是明白。可以花时间费精力,当时的我是幸福的。

"原来如此,这叫意式肉卷啊。"

洋士现在才一脸惊奇地点点头说。

"妈,这是我第一次吃到苏格兰蛋。"浩美吃了一块切成完美四等分的苏格兰蛋对我说。

"番茄酱真是画龙点睛。虽然是炸的,吃起来却很清爽,好好吃。"

"你喜欢就好。苏格兰蛋做起来很简单,切开来又很漂亮,赏心悦目,偶尔做做,大家都会很开心。"我说着,想起可是洋士比较喜欢和食。不知道为什么,那孩子从小就比较喜欢炖芋头、腌牛蒡这类乡土口味。

那我为什么刻意一直做西式餐点呢？

——是他。是因为他喜欢。

明里发现我放下筷子，变得一脸忧心。

"怎么了？奶奶，你不舒服吗？"

我静静地摇头。

身体很好。这应该是我平常的健康状态了。比起身体，更重要的是我想不起来某个非常重要的人。我少了什么人。

我一点都不好。根本就不好。一想到今后也会一直是这种状态，我实在无法忍受。

我忽然微笑，桌子另一头的明里跟着露出稚气的笑容。她是认为我还有笑的精神吧。

没错，我笑了。什么"今后也会一直"，这想法真是厚脸皮到让我不禁发笑。我就快离开这里了。宁静地、了无遗憾地、无牵无挂地进入漫长而寂静的永眠。

"妈，以后你也要继续教我做菜哟。我煮来煮去都是那几样菜，如果能在家里做这么好吃的菜，那就太棒了！"

浩美很会赞美别人。她在小学担任代课教师，在学校一定也是个好老师。洋士能娶到这么温柔的老婆，真是太幸福了。而且他们还有贵士和明里这样一双好孩子，真是太好了。

能够顺利交棒给下一代，我也觉得太好了。棒子就要离开我的手了。我要和他一起把棒子传出去。和那个现在不在这里、连脸都想不起来的，我重要的他。

"大家记得 HARAI 吗？"

我突然提出这个问题，引来餐桌旁家人的视线。只有明里一个人吃惊地瞪大了眼睛。

"不是叫奶奶保密的吗？"

她喃喃说，我没有理会。

"很遗憾，我已经想不起来 HARAI 了。可是我觉得这家店好像很重要。因为它的店名一再地在我脑中响起。有某个重要的人的声音不断地提到它。"

"妈，"洋士平静地看我，"妈，那一定是爸的声音。因为 HARAI 是爸充满回忆的店。"

"我和爸爸一起去过那家店是吧？"

但洋士静静地摇头。

"你们应该要一起去的,因为并不远。如果去了,应该就不会那样了。"

为什么用假设的说法?为什么我们没有去?而没有去又怎么样了?我不懂。

"对爸来说,HARAI是一家充满回忆的店。以前的妈大概是在嫉妒这件事。"洋士伤脑筋似的笑着继续说。

"我觉得妈会那么努力做西餐料理,就是因为想要爸称赞你的菜比HARAI更好吃,不知道我猜得对不对?"

就好像不只是他爸,连他妈都不在了,这是个事到如今已无从回答的问题。

明里在我对面露出惊讶的表情。她一定完全没想过我和HARAI会有那样一段恩怨吧。可是要向我介绍男朋友而选的店,居然是过去我嫉妒的对象,我觉得这孩子颇有眼光。

"告诉我HARAI的事。"

我催促明里说,她嘴巴一开一合。她还没有告诉家人吧。她正张嘴不出声地说着"秘密"。

"那,洋士,告诉我HARAI的事。"

洋士把最后一块意式肉卷放进口中,点了点头。

爸在读书的时候是个背包客,曾经一个人游遍全日本。贵士,你知道背包客吗?嗯。爸——啊,不,是爸爸的爸爸,你们的爷爷,好像经常一个人在中意的小镇停留好几天,天气好的时候就露宿,下雨的日子就下榻廉价旅馆,四处走走看看。

然而有一天,爸突然原因不明地发起高烧。爸说他真的是很突然地就发起高烧来了。当时是晚上。他原本打算露宿,但走着走着,忽然头晕目眩,便决定在看到的旅馆住下来。

爸幸运地找到地方住下,沉沉地睡了一觉。他昏睡了一天还是两天,虽然稍微恢复了一些,但他住的地方是不提供餐点的廉价旅店,所以他勉强爬起来,寻找可以用餐的地方。当时跟现在不一样,没有便利店,也没有家庭餐厅。爸最先找到的是一家餐厅。

爸才大病初愈,而且是在长途旅行中,穿着一点都不整洁,也没洗澡,身上大概都发臭了。他已经有了心理准备,或许餐厅会拒绝他这个客人。即使如此,那家店飘出来的味道实在太香,他怎么样都无法过门不入。爸进了餐厅。

　　店里的人让爸进去了。爸用饿得发昏的眼睛看了菜单。好像很贵。虽然不是贵到让人眼珠子蹦出来,但爸因为在旅行时一直不怎么花钱,所以觉得特别贵吧。爸犹豫再三,最后点了一碗汤。

　　洋士在说的时候,我的头痛得越来越厉害了。或许这是老样子了,却也觉得似乎痛得比平常更厉害。左边的太阳穴上方阵阵刺痛。洋士说的内容,我好像毫无印象,又仿佛熟悉无比;对于那个在餐厅只点了一碗汤的人,我也好像熟识,又似乎陌生极了,不安在胸口中不停地摆荡。

　　最近有没有什么新闻?

　　准备做饭,在厨房寻找开罐器的时候,我发现了。夹了几条橡皮筋的夹子底下有几张剪报。上面写着要确定失智症的恶化速度,询问最近的新闻是一个方法。对新闻毫无兴趣也要小心,但把旧新闻当成最近的新闻谈论也是个问题；而若是什么新闻都想不到，一样值得警觉。我读着写有这些内容的报道，告诉自己：反正这事我也一下就忘了。

想忘掉的事、不能忘掉的事凌乱地塞在我的脑中。因为乱成一团，或许会在什么时候忽然冒出来。可是我等不到那时候。我没有时间了。

"洋士，爸爸点的汤品是什么？"

我问着，心想我知道答案。

"法式清汤。"

果真，我比洋士早了一步回答。

婚后我第一次做了法式清汤端上桌时，丈夫说：这不是法式清汤。真正的法式清汤比这好喝多了，是人间美味。

我痛恨法式清汤。丈夫一再邀我去那家餐厅。他忘不了那道太过美味的汤品，甚至搬到餐厅附近来。就连他说"那家店真的太好吃了"的欣喜口气，我都觉得怨恨。

因为我拒绝一起去，结果害得丈夫再也不能去那家店了，不是吗？还是他曾经瞒着我，自己一个人拜访？

那家店叫 HARAI。几十年前接纳了病弱的丈夫的餐厅。它用一碗汤掳获了丈夫的心。我应该跟丈夫一起去的。我应该去HARAI喝个法式清汤的。为什么我要那样意气用事？

我错过了一个原本可以和丈夫共享的幸福体验。后悔的浪涛汹涌地扑打上来。

"明里，不好意思，"我按着太阳穴说，"可以请你预约HARAI吗？"

"咦？可以呀，什么时候？奶奶，你还好吗？你要跟谁一起去？"孙女小心翼翼地问。

她是在提防什么？

"是啊，就约爸爸的生日好了。十月三十一日。六点可以吗？"

"奶奶，你是不是头痛？"

孙女的声音更加小心翼翼，我知道她在担心我。头痛得很厉害，但也就是头痛罢了。

"我没事。"

"那要订几位？大家一起去吗？"

明里。你还是个孩子，或许还不懂吧。

"HARAI是一家特别的餐厅，奶奶要跟爷爷一起去呀。"

我这么宣言，发现桌旁的人都倒抽了一口气。

即使上了年纪，还是可以两口子一道出门。即使上了年纪，也一点都没什么不好。顶多就是头容易痛罢了。啊啊，总算可以去了。生日的时候，就跟孩子的爸两个人一块儿去HARAI吧。

预约 3

昨天下班回家,我看到白色的玛驰。隔壁家前有一辆旧型的玛驰紧挨着电线杆停放。

我瞬间停下脚步。早上还没有这辆车。是今天回来的吗?停步在车子前的脚再次动了起来,往家里走去。应该不会在晚上不见了吧。

等到早上那辆车还在的话——我又会经过车子旁,只是继续上班去吧。

没有加班费,我没想到这居然会有这么大的影响。同事都觉得荒唐不合理而减少加班,我则为他们并没有减少的工作收拾善后。正确地说，或许该说是被迫收拾善后。说同事也不正确。取消加班费的同时，不知为何，同事当中只有我一个女人被任命为科长了。

我觉得大事不妙。既然成了管理层，就没办法跟大家一样逃避加班了。而且还有虚有其名的主管加给。只让一个人升上管理层的做法，在过去摧毁了多少员工情谊，人事部不可能不晓得。

"简而言之，你就是负责收烂摊子的。"浩之笑道。

下班后，他在约好的咖啡厅边喝啤酒边等我。他说我是收烂摊子的，这话或许说中了。可是，就算被这么一语道破，我也一点都无法如释重负。

没有人会帮我。我知道的。我也帮不了任何人。尽管我想要的只是一点柔声安慰。

"你希望人家慰劳你'辛苦了'？"

对面的浩之不以为意地问着，我摇了摇头。这么说来，他刚升课长，装出没事人的样子拼命努力的时候，我也没有给过他半句安慰。我应该对他说声"辛苦了"吗？来自下属的鼓励和来自上级的慰劳，听起来感受应该不同吧。

"我没事,也没那么累啦。"

我说,浩之觉得滑稽地笑了。

"所以你才会在同期里面第一个升上科长啊。"

"其实我应该乖乖示弱,说我好难熬,这样可爱多了呢。"

浩之没有回答我的话,说:"我们去吃饭吧。"

他挥手回绝来点单的侍者,站了起来。然后表情有些得意地回看我:"这种时候就该去 HARAI。"

他那个时候的笑容看起来那么爽朗,却——我想到一半,急忙小声开口:"啊——啊——啊——"

没有传进任何人耳中而落到地板上的声音勉强拯救了我。啊——啊——啊——喃喃出声,捂住耳朵,中断思考。忘掉讨厌的事。努力不去想。

结果浩之,啊——啊——啊——跟没加班就回家的同事里,啊——啊——啊——最可爱做事最得要领的女生,啊——啊——啊——,啊——啊——啊——

"科长这个头衔,听起来不会很像大叔吗?"

就是笑着这么对我说的女生。

——是啊,很像大叔呢。

——就算很像大叔,我也拒绝不了啊,工作嘛。

——如果不甘心,你也来当科长呀!

哪一个才是正确回答呢?还是应该假装没听到就算了?事到如今,我依旧不解。连这都弄不明白了,难怪会跟浩之吹了。

"啊——啊——啊——"

细微的声音滚呀滚,堆积在附近的地上。我踢开它,偶尔狠狠地践踏它走过。

走下客厅,母亲正要出门。

"咦?套装?你也要去上班?"

"嗯,傍晚应该回得来。"

"真是的,什么升科长,根本是虚有其名吧。还以为工作会轻松点,结果每天都加班,现在连星期六也要上班?"

我草草点头,准备进厨房的时候,母亲回头说了:"好像回来了。"

瞬间,老旧的玛驰掠过脑中。用不着问是谁回来了。

"阿义回来了。好像又吵起来了。连家里都听到了。会不会是又辞掉工作跑回来啦?真是学不乖呢。那我出门了。"

"路上小心。"

打开冰箱看看,只有酱菜、卤鱼、蛋,还有一片剩下的鱼板,其他啥都没有。去托儿所对面的超市买个饮料,先填一下肚子再去公司吧。

话说回来,阿义还是老样子。那么多年没回来,一回家又跟家人起争执了吗?我想着想着,脸上不由得就笑开了。阿义。平常甚至不会想起他,但好久没喊他的名字,光是在心里头念念,就觉得胸口暖了起来。

我决定只喝水就出门。我汲着滤水器的水,又想起每天都要想一遍的事:滤芯该换了。我觉得它应该已经没有净水功能了,但又觉得拆下来确认型号去买很麻烦。更何况我根本不晓得要上哪买。至少水龙头上有个滤水器,有个净水的样子,应该就好了。我现在没有余力去想更多了。

我穿上差不多都快变形的鞋，拎着包出门了。

白色玛驰果然还停在那儿。是阿义的玛驰。大概已经有三四年了吧，他上次回来的时候也待了一些日子，那段时间车子一直停在路上。不过几乎没有车子会经过这条小巷，应该不会有人介意。

我经过那辆白色玛驰前往车站。就算昨天吵架了，至少现在屋里一片安静。或许他还在睡？一想到这里，我忽然觉得那辆玛驰令人牵挂。我也还是老样子，阿义。今天也是，星期六还得上班。工作根本做不完。因为升了科长，工作量增加，别说充实了，全是给别人收烂摊子的不爽和疲累。一想到假日上班，别说是双倍薪水了，反正一定连加班费也没有，疲劳又加重了。我这个样子，根本没资格当科长吧。

对了，上次阿义回来的时候，我问他为什么开玛驰。只是单纯好奇。阿义以前很喜欢改造机车，轰隆隆地满街跑，现在居然会开一升排量的玛驰。

阿义只是笑。以前的话，他或许会不开心。阿义长大后变得圆滑些了。虽然外表一点都没变，还是一样只长身高不长肉，瘦瘦干干的。

"我在做承包商。"

低低呢喃的声音还残留在耳底。阿义没有透露多少。我猜意思是他在制造玛驰的公司下游的承包商工作。或许是承包商底下的承包工厂。因为这种关系，他有门路拿到折扣什么的吗？要不然怎么会开玛驰，想到这里，我轻笑了一下。玛驰不能开多快，这样我也安心许多。

"阿义长大了。"

已经不是以前的阿义了。他会开玛驰，会像这样回家。

可是后来过了一段时间，阿义又不见了。他好像老早就辞掉玛驰承包商的工作了。

阿义的名字叫义晴。他是隔壁家的小孩，早我一个月生。

我们六个月大左右就被送进同一家托儿所，大部分情况下都是由其中一个母亲一同接送，回家的时候，在两家人都有办法照顾孩子之前，先留在一边的家里。在进小学前的人生中，阿义大概是我相处得最久的对象。我们一起吃饭，一起洗澡，还一起睡觉。在尚未萌生好恶的感情之前，我们就像兄妹一样成长。

上了小学以后，我们也在同一班。阿义变成了叫楠木义晴的男生，我变成了叫笠原久美的女生。我们的个性、成绩、拿手的事、喜欢的东西都不太一样。即使如此，放学回家后，我们又变回了阿义跟小美，他来我家，我去他家，玩在一起。班上同学都知道我们住隔壁，是青梅竹马，所以一直相安无事。

一直到大概小学五年级，才开始出现隐隐约约、若有若无的不对劲的感觉。那个时候我们已经不再同班了。

"楠木跟笠原放学以后好像都黏在一起。"

开始有人这么窃窃私语。

我们之间并没有任何不同。我们本来就一直在一起。可是我们以外哪里不一样了。放学后两个人一起做功课，是我们的例行公事，但是有一天，我就像平常那样去阿义家，被阿义班上的几个男生看到了。他们全都一脸怪笑，诡异极了。

"刚才我在那边碰到二班的男生。"

我说,但阿义什么也没说。我也没有继续再说什么。可是我心想,最好不要再来阿义家了。

我真的完全没空去想我是不是喜欢阿义。人会去想自己喜不喜欢从出生以来就一直在一起的人吗?不过阿义有个叫阿满的哥哥,他们两个老是在吵架,所以兄弟姐妹之间或许也是有合不合的问题。而我是独生女,所以不太了解这部分的事。

总之隔天开始,我就自己一个人在家做功课,然后一个人看电视或看书打发时间。有时候我会担心如果阿义说什么,我要怎么跟他解释,但阿义什么也没说。他是早就不想跟我在一起了吗?我觉得应该不是。勉强要说的话,应该是不管有没有在一起都无所谓吧。不喜欢也不讨厌,有没有都无所谓。比起阿义对我,我对阿义的喜欢或许更要多一些。

我们分开了。没有痛楚。这一定是自然的发展吧。托儿所的时候,我们家和阿义家互有来往,两边的妈妈也经常到彼此家做客,还会分享晚餐的菜肴,却不晓得什么原因，现在渐渐疏远了。

楠木家老是传来吵架的声音，而我们笠原家则是爸爸离开了。我觉得这也是两家疏远的原因之一。

不久后，不再和阿义一起玩的我和同班的女生变得要好，阿义好像也结交了邻近的朋友。虽然早上上学的时候会碰到，但我们的关系也只剩下这样了。

没有痛楚，是因为我们还住在隔壁。因为我们有十年来的情谊。即使分开，阿义还是阿义，小美还是小美，所以没什么好吵的。那个时候我不明白这一点。我一直深信即使跟阿义分开了，我也不在乎。

到超市的路好遥远。感觉比接下来去车站搭电车，还要再走一段路才能到的公司还要远。明明是假日，却得上班解决工作。大量的问卷调查结果，为什么要我一个人来统计分析呢？为什么我不敢分配给部下，或至少要求两个人手来帮忙呢？

因为我想当好人吧。由于不想被人讨厌，感觉可以承担下来的，我全部一个人担下了。结果被逼得喘不过气，搞到自我崩溃。我根本不是什么好人。看清每个人的极限，公平分配，使业务顺畅运转。我觉得这就是公司的工作。

尽管觉得是自己的错，却又无法接受。收烂摊子专员？开什么玩笑。没有人要帮我，我也不指望别人帮，却又快被无助给压垮了。我不用别人帮，只要听我诉诉苦就好。只要有人听我说，我就能振作起来。可是，啊——啊——啊——没有人，啊——啊——啊——打马虎眼也没用，没有人，愿意听我说。

阿义在高中的时候开始学坏。我们就读不同的学校，所以我很少看到他，但只是偶尔看到，也一眼就看出他变了。奇装异服，发型古怪，眼神也变可怕了。可是我什么也没说。因为就算外表不一样了，阿义还是阿义。我觉得轮不到我来忠告。

"你这样很奇怪。"

我应该说的。

"穿那种衣服，一点都不像你。"

至少该提醒一两句的。

像阿义,意思就是像我认识的阿义,我想那个时候的我害怕着阿义身上我不知道的地方。阿义一定有我不知道的地方,那或许是小学五年级的那一天起,我们再也不去对方家以后日渐扩大的部分。如果阿义挖苦说"你懂什么",我无可反驳。我害怕这样。

对于奇装异服、神色古怪的阿义深夜离家,好几天不回来,我装作没有看见。

可是我会想,阿义或许不知道自己身上最像他的那个地方。

既顽固又执着,一旦喜欢上,就会一直喜欢下去;一旦生气,就会永远记恨在心,不肯原谅。所以我看着阿义,就会感到放心。阿义会喜欢这个吧。阿义要是看到这状况,一定会生气吧。我这样想着,一边想,一边也把它当成自己的标准。

以前还在托儿所的时候,有一次阿义不见了。阿义没吃完作为点心的苹果就去午睡,醒来后发现吃到一半的苹果被收走了,暴跳如雷。他溜进厨房翻垃圾桶,结果就这样一头栽进巨大的蓝色塑胶桶里。大家一起找他,总算在塑胶桶里面发现他时,他正浑身沾满厨余,心满意足地啃着好几个苹果核。

阿义非常执着。忘了是小学三年级还是四年级的时候,他珍惜的卡片游戏的王牌被邻近的高年级生抢走了。我记得我千方百计安慰眼眶泛泪、整张脸涨得通红的阿义。后来过了很久,发生了有人把卡片从附近的县营公寓三楼窗户撒下的事件。说是事件,也只是住家附近在传而已,一开始我并没有特别留意。可是每次从父母或朋友那里听到这事,我就渐渐萌生了一个确定的想法。

"听说很奇怪。确实有人进了房间,桌上甚至摆着装现金的钱包,却没有东西被偷。可是窗户被打开,卡片从那里被撒出去,而且不是什么昂贵的卡片,而是那个,前阵子很流行的儿童游戏的游戏卡,是那户人家的小孩已经打算要丢掉的旧卡片。真的很莫名其妙呢。"

或许是很莫名其妙。可是我明白。是阿义。是阿义干的。会固执地紧抓住别人丢掉也不奇怪的旧卡片不放的,就只有阿义了。我的心脏跳得好厉害,可是当时是在朋友面前,所以我尽量佯装平静。我祈祷阿义能拿回他被抢走的卡片。

"很可怕对吧?"朋友说。

"虽然不晓得是什么目的,可是别人不在家擅自闯入,还把小孩子的玩具从窗户丢出去泄愤,太可怕了。"

"是啊——"我应道。的确,擅闯别人家里,这做得太过火了,阿义。

就是这样的阿义。高中上不同的学校以后,我们碰面的机会更少了。关于阿义的记忆,从高中以后就是跳跃式的。

隔壁家传来叔叔的吼声与阿姨的尖叫,接着是窗玻璃破碎的声音。是阿义吧——我在自己的房间书桌准备考试,听着声音心想。如果是哥哥阿满,应该会听到吼回去的声音。既然只听到叔叔跟阿姨的声音,那就是沉默寡言的阿义。不管什么事,阿义总是默默地做。

然后我好几次听到染了头发的阿义深夜骑着改造机车"嘟隆嘟隆轰轰轰轰"地出门的声音。那是我换上睡衣躺上床听广播节目的时间。有时隔天早上,妈会叹气,说着昨晚又吵死人了,明明以前那么乖那么可爱,怎么会变成现在这副德行。我觉得阿义小时候也不太可爱,但从母亲的角度来看,因为当时还小,所以或许比现在可爱吧。对我来说,阿义不管是小是大,都一样是阿义。那已经超越了喜欢或讨厌的范畴,不可爱也不吵闹,阿义就是阿义。

然后还有一件事。我十七岁生日时,阿义送了礼物给我。我放学回家的时候,阿义正好从隔壁家里走出来,伸手递给我一包东西。

"你生日。"

"咦!"

我们的对话就只有这样。把眉毛剃得细细的阿义拖着几乎快露出内裤的垮裤,就这样不晓得去了哪里。

我连声谢谢也说不出口。阿义从来没有送过我任何东西。而且一个月以前的阿义生日,我也没有帮他庆祝。我们都不庆祝生日的。

我告诉母亲阿义送我生日礼物的事,母亲蹙起了眉头。

"你要小心。"

"小心什么?"

我和母亲的对话也只有这样。我是真心动怒了。是要叫我小心什么？如果是在说阿义，我觉得他的确应该小心别让裤子掉下来。可是除此以外，阿义对我根本不需要小心任何事。因为对方是我，小美。妈什么都不懂。

但不懂的其实是我。

那天，阿义离家以后就再也没有回来了。他不回家是司空见惯的事了，所以一开始好像没人去找他。可是听说一星期后人都没有回来的时候，家人好像也发现他是离家出走了。

要小心，母亲的话沉甸甸地积压在我心里。独独那天，阿义送给我十七年来一次也没有送过我的生日礼物。我应该多小心阿义的。我应该多留意他的。担心他、跟他说说话也行。然而我什么也没做。

打开礼物包装，里面装的是镇纸。我笑了出来。那是个铁制镇纸，长得像水户黄门①的印信般。这东西是要

---

① 水户黄门，即江户时代的水户藩藩主德川光圀，曾任黄门官，故俗称水户黄门。世间流传许多水户黄门微服出访、铲奸除恶的故事。水户黄门表明身份时，会出示画有水户藩家纹的印信，令恶人折服。类似中国戏曲小说中的尚方宝剑。

叫谁用在哪里啊?

他怎么会送镇纸呢?我觉得再问也太不知趣,可是又一直很在意。那份礼物究竟是什么意思?若是送我水晶制的漂亮镇纸我还懂。他是觉得我会喜欢那种暮气沉沉的镇纸吗?不对,不是那样。不管是不是镇纸都无所谓。我真正想问的是,为什么那个时候他要送我礼物?

我并不是全无预感,可还是吓了一跳。一打开超市的门,眼前就是那个绝不可能认错的背影。

我甚至是不假思索,呼唤一下子脱口而出。

"阿义。"

回过头来的那张脸,说是阿义也不是阿义,但若说是相似的别人,感觉我也会信,就是相差那么多。脸颊凹陷,眼睛毫无生气。长长的头发点点灰白,看起来实在不像同年纪的人。

"小美。"对方喃喃道,脸上悄悄地泛起笑容。

"你回来了?"

虽然我早就知道了。我看到玛驰,也跟母亲聊过了,可是我想装作毫不知情地跟他对话。

"嗯,昨天回来的。"

"这样啊。怎么不来找我呢?"

"对不起。"

不要说对不起,没什么好道歉的,我也没去找你不是吗?

"你会在这里待上一阵子吧?"我尽可能用开朗的声音问。

因为如果不尽量把气氛往明亮的地方带,总觉得好可怕。他怎么会憔悴成这副模样?干燥的皮肤、长长的头发也让我起疑。也许他失业好一阵子了。我反倒觉得如果他消瘦的理由只是失业,那还算好的。

"我现在要去公司,如果你愿意,要不要一起吃个饭?"

我的意思是一起吃晚饭。母亲也一起,三个人在家吃,我觉得这是最自然的。就像以前我们常做的那样。现在我们都是大人了,就算去彼此的家,也没有人能说什么了。

可是阿义却用一种犹豫的口气,声音几乎听不见地说:"那买个便当在附近吃吗?"

一瞬间我想到我得去公司才行,却点头了。不甘不愿地去公司解决根本不想解决的工作跟在这里陪阿义说话,阿义当然更重要几百倍。

我们各自买了海苔鲑鱼便当和寿喜烧便当,往车站走去。两人一起走上跨越铁路的天桥。好多年过去了。我身旁的阿义净长身高,骨瘦如柴,疲倦成这样。

我也遍体鳞伤了。我自以为一直很努力,却被当成收烂摊子专员,本来交往的男生选择了其他女生,即使如此,我还是朝着车站踏上坡道。

"你好像很累。"

阿义停步,等待晚了三步的我。"你才是。"我用力忍住想要这么说的冲动。我们在做什么啊?我们得用更好的方式再会,得欢笑,聊些开心的话题才行的。

"我很好。"

我说着,抬头仰望,应该要笑的,泪水却夺眶而出。

"你怎么了?"

"没事。"

我急忙擦掉眼泪,这次好好地摆出笑容。

阿义。以前也有过这样的事呢。啊——啊——啊——我一直要自己别想起来,可还是没办法。啊——啊——啊——,啊——啊——啊——记忆的盖子打开了。

那天很冷。念初中的我正在回家的路上,一个人边走边哭,结果阿义无声无息地走过来,问我:"你怎么了?"我不应该说的。然而我却老老实实地,在内心的愤怒与悲伤的驱使下说出了同学的名字,告诉他我被欺负的事。在那个同学的指使下,班上的女生已经整整一个星期不肯跟我说话了。

我只能和阿义诉说。我觉得阿义会像平常那样用不晓得究竟有没有听进去的沉默带过。

或者其实我期待着更多?我想要阿义为我想办法吗?我到现在还是不明白。好难过。啊——啊——啊——我想要大叫,遮挡住记忆。

"你一定更难熬吧。"我垂着头,无法露出完整的笑容喃喃说。

汽车驶过马路。那已经是十五年以前的事了。我想忘记,也希望阿义忘记了。

我说出名字的那个同学,隔天开始请了三天假。第四天她来上学的时候,脸上戴着眼罩,手臂上缠着绷带。她没有看我。欺负就此结束了。

"你怎么了?"阿义再一次问。

"没事啦。真的。"我在天桥顶端拭掉眼泪。然后总算说出过去说不出口的话。

"阿义,谢谢你。"

阿义一脸吃惊地看我,但什么也没说。

"别说我了,你才是怎么了?"我呼吸,说出一直问不出口的问题。

"你可以依赖我。"阿义默默地看我。

"有困难的时候,依赖我。"

不知为何,泪水簌簌地掉。这样简直就像我才是碰到困难的那个人。而现在的我正在让阿义为难。

阿义一手插在口袋里,默默地站了一会儿。

"我饿了。"

然后他稍微举起另一手的超市袋子。

"咱们快吃吧。"

他说,笑了。

啊,就是这张脸。总是表情僵硬又笨拙的阿义偶尔会使出的必杀技——天真无邪的童稚笑容。

"干脆在这里吃吧。"

"在这里?"

我们就像孩子一样,在天桥上坐下来。阿义背靠在栏杆上,长长的脚打得笔直。

"从这里看出去的景色蛮不错的呢。"

真的,总觉得好像在俯视不同的城镇。走下坡道就能去到其他城镇,这样的美梦若能成真该有多好。

我们无言地吃着超市便当,喝着矿泉水瓶里的茶。或许是因为穿得少,吹上来的风很冷。早知道就买个热茶了。此时我忽然觉得这不是梦。去到其他城镇,这根本不是什么梦。很简单。我们两个都已经是大人了。只要想去,哪里都去得了。

"我在考虑要不要回来。"阿义说。

我慢慢地转向阿义。我觉得崭新的城镇景色似乎一下子扩展在眼前。这样啊，那样的城镇也是有可能的。阿义又住在我家隔壁，即使平时没碰面，一有事就可以去彼此的家中闲话家常，开怀欢笑。

"是啊，你回来吧。"

阿义没有回话，但他的眼神犹豫。

"回来比较好，你回来吧。"

我不死心地重复说，朝阿义的薄夹克伸出手去，用力握紧他的袖子。

"作为你回来的纪念，我们去吃点好吃的吧。"

我起劲地继续说。

"有一家叫HARAI的餐厅。那家餐厅很好吃，真的非常好吃。"

去了HARAI，一定就能稍微打起精神吧。一定能觉得回来真是对了吧。

"对了，你还记得镇纸吗？"

我问，阿义微微偏头，然后垂下头去，表情像在沉思什么。

"不记得也没关系。"

结果阿义抬起头来。他好像是在想别的事。

"等我一个星期。我会整理好,十月底就回来。"

他只说了这些,然后俯视起街景来。

整理好,然后回来?回来以后要怎么样?我没有再问。科长的事,浩之的事,我当然也没有说。我们要一起翻阅 HARAI 的菜单,东挑西选。然后喝着汤,只谈论将来。

"好,十月底是吧?那我先预约三十一日吧。"

我叮咛说,阿义笑了。

"放心,我会守约的。"

我知道。因为再也没有人比我更懂阿义了。

预约 4

哥——妹妹的声音，掺杂着热油噼里啪啦迸跳的杂音。摄影机捕捉到妹妹的背影。

"喂，我说哥，你会不会觉得是咖喱粉啊……"

妹妹回头，伸舌舔了一下似乎沾在指头上的东西。

"是用类似咖喱粒的东西磨成的？就像杏仁那类的果实。"

她说完，又背过身去，搅动锅子。虽然看不见，不过有红萝卜、马铃薯、洋葱、猪肉。

"可听说其实不是呢。咖喱粉没有一定，是用孜然啊、丁香，呃，还有什么来着？香菜，这些各式各样的香料混合而成的东西，就统称咖喱粉呢。"

妹妹自然流露的活泼让我眼头一热。

我停止播放影片，仰躺在被子上，闭起眼睛。旧式的摄影机又大又笨重。我右手依然套着手腕带，寻思了一下自己是不是困了。当然还不困。墙上的时钟甚至还没走到晚上十点。我从仰躺变成侧躺，决定再看一下影片。

画面忽然暗了下来。有人用手挡住了镜头。画面空无一物——实际上是只拍到某人的手掌——只有声音继续播放。

"你想拍什么？"少女的声音问。

我没有回话。我总是不回话，因为我是提问的那一方。如果我有答案，就不会拿摄影机拍摄了。

倒转。不，我已经倒转过好几次了。画面出现面无表情的少女，很快地她朝这里走来。这里，正确地说，是朝当时在她面前的我、朝她前方的摄影机。然后她伸手按住镜头，问："你想拍什么？"声音没有表情。

一切的开端始于三年前。

晚餐后,母亲把我们几个孩子叫去。当时就读短期大学的姐姐、高中生的我,还有初中生的妹妹。母亲面带笑容。她一边笑,一边说明自己的病情。我觉得母亲尽了最大的努力不让我们担心。她为了不让孩子哭泣,设法让孩子了解她没事,不用担心。我的理智明白,但心情却无法接受。人怎么能一边笑,一边说自己就快死了?

那个时候,母亲应该用更严肃一点的表情告诉我们的。

母亲没有错。也不是思虑不周。然而我却恨起母亲的那张笑脸。或许我是想要去恨。我把无法对任何人、对任何事物发泄的愤怒,宣泄在母亲当时的笑容上。后来直到半年后母亲离世的最后时刻,我仍无法原谅母亲,直瞪着天花板看。

母亲生病以后,我就再也无法相信人的表情了。不只是表情,我再也无法相信人了。

无法相信人,是因为你无法相信自己呀——姐姐用叹息般的声音说。姐姐说得应该没错。包括我自己在内,我不知道究竟该相信什么好了。我变得厌恶见人,连外出也提不起劲,高中一直请假。和姐姐说话也嫌麻烦,开始把自己关在房间里。渐渐地,连一点风吹草动都能把我吓得半死,抖个不停,还流眼泪,我自己都觉得这样下去不妙。

姐姐结婚是第二个转机。我发现姐姐认为不能抛下这种状态的弟弟和还在上初中的妹妹结婚后,决心一定要设法离开房间。

铠甲。盾牌。拐杖。我依赖着也可以这样称呼的道具,走出了房间。那就是摄影机。有机会跟姐姐的未婚夫吃饭时,我也自告奋勇担任摄影师,尽管浑身冷汗直淌,仍拍摄到底。只要是透过摄影机镜头,我就能离开现实。可以从外侧眺望。我拍着姐姐灿烂的笑容,还可以对着液晶画面悄声说恭喜。姐姐必须结婚,追求她自己的幸福才行。若非如此,我会更加动弹不得。

这时候姐姐的笑容,真的是纯粹到无一丝阴霾的吗?我并不清楚。但我一方面希望拍到隐藏在笑容底下的事物,却也祈祷什么都不要拍到。摄影机唯独没有拍到的、现在依然烙印在我的脑海中的是母亲当时无尽温柔的笑容。

只要一直拍摄，相信总有一天应该可以遇上。一定可以拍到这封闭的每一天的变革点。我这么相信，摄影机不离手。我不知道它何时会到来、会出现在画面中的哪一处，所以我非常小心谨慎。我一次又一次重播影片，确定变化的征兆是不是悄悄藏身在某处。

有朝一日，我一定能在画面里寻得钥匙。即使钥匙掠过我的眼角溜走，也会被摄影机拍摄进去。这么一想，我就放心了。这跟电影不同，没有故事，没有调度，也没有音乐。即便如此，只要想到那应该会被拍进去的钥匙，我就比看电影更要兴奋。

拿起摄影机后，我能够离开房间了。虽然是右手边拿着摄影机拍摄，但收包裹、接电话之类的事情，我也做得来了。我希望至少让姐姐可以放心地离开这个家。我们的生活靠着母亲的保险金、父亲支付的微薄教育费，还有姐姐的援助支持。

对妹妹来说，我这个哥哥肯定是个相当麻烦的大累赘。其实她应该才是想要获得庇护的那个人。我觉得很抱歉。不管是对姐姐还是对妹妹。妹妹一定想要为我想办法。我也想要为自己想办法。可是我无能为力,打一开始就知道无可奈何。即使有机会可以重来,我一定还是什么都做不到,变成在家里只靠着摄影机隐密呼吸的生物。

现在已经是高中生的妹妹真的太能干了。她应该有很多想法,也有很多话想说吧。然而她不仅没有对不断拍摄的我抱怨,甚至还在出门买东西时顺道帮我买影带。

既然住在一起,就尽量一起吃饭吧——妹妹说。

"你以为我们还能一起吃上几次饭?"

妹妹说完后,好像发现这话太沉重,难为情地笑了。

"虽然不晓得还有几百次还是几千次,可是或许只剩下几十次或几次而已呢。"

妹妹做饭,我打扫。拖地板,擦桌子,清理流理台,刷浴室。打扫的时候不会与人接触,所以不需要摄影机。

这是传统的老房子,住起来不太方便。一楼有厨房、客厅、厕所和浴室,再加上一间三坪①大的和室。走上楼

---

①坪,源于日本传统统计量系统尺贯法的面积单位,1坪合3.3057平方米,主要用计算房屋、建筑用地面积。

梯后，两侧有门，分别是三坪大的房间，二楼就只有这些，没有厕所，也没有洗手间。如果要上厕所，得下到一楼才行。

或许是因为这样，妹妹把自己的房间从二楼移到楼下的和室了。这个家只剩下两个人住，所以也没必要住在不方便的二楼房间。可是一楼的和室以前是母亲的房间。我到现在都还是没办法习惯那个房间有人。

妹妹穿着水蓝色的衬衫，在厨房哼歌。她把砧板放在流理台旁窄小的调理台上，用菜刀切着蔬菜之类的东西。然后她回头，对我说什么。三言两语。我把声音关了，所以不知道她在说什么。

场面跳跃。这次妹妹穿着白色的短袖衬衫，头发也变短了。她在桌上摊开杂志，吃着铜锣烧。疑似装了茶的这个茶杯后来不晓得是破了还是缺了角，最近都没看到。妹妹朝我递出铜锣烧，像在问："要吃吗？"我大概拒绝了。妹妹把手收回去，就这样把铜锣烧拿到嘴边，眼睛再次回到杂志上，读了起来。

播放影片，时间就会在不知不觉间过去。妹妹对我的唯一一个要求就是在晚上十点钟入睡。

"晚上十点到凌晨两点之间，是生长激素分泌的时段。"

不知为何，妹妹一脸得意地告诉我。

"所以那段时间你要睡觉。"

都几岁的人了，分泌生长激素又有什么用？哪里的十几岁年轻人会在晚上十点躺进被窝？尽管这么想，但平日任劳任怨地扶持我的妹妹对我只有这个要求，我无法拒绝。

或许她是看到足不出户的哥哥生物钟越来越偏离正常，觉得害怕。凌晨入睡、近傍晚才醒来的日子，那种自我嫌恶确实沉重到令我几乎无法独力支撑。对于不想离开房间、不想见人的自己，我已经满是嫌恶了。我不想因为日夜颠倒而使状况无端恶化。更何况不管何时入睡、何时醒着，反正都一样无事可做。我心想既然如此，就遵守跟妹妹的约定吧。

不过白天没有活动身体，晚上实在是睡不着觉。我在关了灯的房间里，窝在床上，按下摄影机的播放键。小小的液晶画面呈现的场景只有这个家，会动的只有妹妹。家中有两个十多岁的年轻人却如此静态的影片，也难得一见吧。偶尔会拍到水壶的热水滚沸，盖子上下颤动，或是窗外一阵风吹来，吹动日光灯的绳索。可是这些影片基本上都如风景照一般——活动量少得可怜的我，只有一个活跃的妹妹能拍摄——直到篠原入镜。

篠原是妹妹高中的朋友。妹妹的学校离家颇远。现代的女高中生是不是会特地跑去朋友家玩，我并不清楚。她们看起来并没有特别要好，但其实不怎么要好或是很要好都无所谓，只要妹妹觉得好就行。妹妹介绍我时，我打了招呼，但我对篠原一点兴趣也没有。当然她对我也没兴趣。我有自知之明，我完全不是那种会有人感兴趣的对象。

这么说来，初次见面时，我对篠原的印象就只有她的头发是黑的。这也是跟妹妹的褐色头发相比较得到的印象，并不是出于她的黑发很美这类好感而留下印象。

今晚睡不着觉，随手拿影片播放的时候，我看到大概是初次见到篠原的片段。你好——录到这样的声音。画面是晃动的黑发。她在躲摄影机，不肯抬头。这也是没办法的事。如果朋友家有个突然拿摄影机拍人的哥哥，我也觉得躲为上策。

"我哥都这样。"

是妹妹的声音。不是在对我说，而是在对篠原说吧。

她带朋友来家里的时候，应该已经先提过我——还有家人的事了吧。幼时父母离异，住在一起的母亲过世，姐姐嫁人，现在只有一个家里蹲的没出息的哥哥，透过摄影机与人对话。

篠原并不是那么频繁地登场。她好像偶尔会来家里玩，但知道她来的时候我不会出房间，所以只有恰好在楼下碰见时才会拍到她。

我随便快进看着，所以也不晓得篠原下一次出现的场面是她实际第几次来访。不过她依然摇晃着她那头漆黑的头发，略低着头，一双眼睛却看着这里。然后她对我提出从来没有人问的问题:"你在拍什么?"

对我来说,她就像倒插的睫毛一样,是扎刺而不舒服的存在。光是家中有外人,对我来说就是一种压力。如果可能,我甚至连妹妹都不想碰到。然而有时候妹妹都去上学了,篠原却一个人留在我家。为什么妹妹不在,只剩下朋友?我也觉得奇怪,但我不想和她建立起积极表达不愉快的关系,她似乎也是如此。

篠原跟妹妹不同,不开朗也不吵闹。妹妹不在时,她会坐在厨房椅子上发呆看电视,或是看看口袋书,有时候在笔记本上写东西。

光是这样就让我心烦气躁。我也会在心里咒骂:大白天的在人家家里干什么?你不用去上学吗?当然,要是对方反问"你有资格说人家吗",我也无话可答。

她来的时候,我只要把自己关在房间里就行了。尽管这么想,但这个家很不方便,没办法一直不下楼。肚子也会饿。有时候本来想下去拿个煎饼或橘子就立刻上楼,却看到桌上摆着保鲜膜包的饭团。坐在附近椅子看口袋书的她还会头也不抬地说:"请用。"干吗不装作没看见?可是她的"请用"当中听不出感情,这让我松了一口气。肚子饿了。我拿掉保鲜膜,说"我拿一个"。

我是渐渐习惯了。所以说着"我拿一个",想要撕开保鲜膜的左手遮住镜头时,不小心用肉眼看到桌子对面的她突然抬头,黑发无声无息地摇晃的场面。摄影机自然地转向她。

"你在拍什么?"

她以沉稳的声音问。声音静得一点都不像跟妹妹同龄。

画面颤抖。我在拍什么?我自己也不知道。实际上映在画面上的,是她专注地注视着这里的黑眼睛。只有这样。

我默不作声,她也默不作声地看我。我没有勇气继续拍她的脸。我就像别开视线似的把摄影机放回桌上。然后又沉默了一阵子,但我知道她一直在看我。

"我拿一个。"

还亮着红灯的摄影机画面拍到整个用海苔包起来的

球状饭团,这与妹妹做的三角形饭团不同,我的左手放了上去。

"饭团好吃吗?"

画面外传来她的声音。我想回答说又还没吃,但硬是按捺住,慢慢地把摄影机转向她。

"嗯。"

是我的声音。这么说来,这种不是我们家味道的海苔酱油饭团,以前我曾经吃过。

"对了,上次的饭团真的很好吃。谢谢你。"

结果画面中的她表情慢慢地出现了变化。说变化或许有些古怪,但用不着我形容,画面中她的表情确实动了。就像紧闭的蓓蕾绽放一般,很艳丽。过了几秒钟,我才悟出她笑了。

"太好了。"

我看见她的嘴唇像这样掀动。"太,好,了。"可是听不到声音。是我的耳朵听不到吗?或许摄影机的麦克风收到音了。我的眼睛瞪着画面,对着画面中的她说"再见",然后左手拿着一颗饭团,离开厨房。

我渐渐习惯了她,她大概也习惯了我,妹妹应该也习惯了三个人在一起。或者站在妹妹的立场上,这就是她的目的?她一个人承担着照顾这个哥哥的重任,待在这个密不透风的封闭空间里,即使只有短暂的片刻也好,她是不是也想稍微换口气?我们开始三个人一起做饭、吃饭、收拾碗盘。也不是特别欢乐,称不上和乐融融,而更多的是平淡地相处。妹妹就算了,但篠原很沉默,而我则是不停地拿摄影机拍,或许很难变成那种亲密无间的气氛吧。

我没刻意去找篠原的影片,她却频繁地出现在画面里,甚至很难找到没有她的影片。

妹妹穿着无袖上衣,短短的头发绑得像博美狗的尾巴,所以这应该是今年夏天的影片吧。她吃着冰淇淋,开心地吵闹。篠原穿着长袖上衣,头发仍是黑的,长的,直垂到肩膀处。她和妹妹一样用汤匙挖着冰淇淋,但没有特别欢欣的模样。我觉得她们两个真是一对不可思议的组合。这个时候我是作为这不可思议组合的第三个成员,一起吃着冰淇淋吗?或者我只是以第三者的身份在旁边拍着影片?

隐约有音乐声,是画面中传来的。我稍微调大摄影机的音量。早就超过晚上十点了,现在应该正是生长激素分泌的时段,所以只能稍微调大一点点,到可以听出是什么音乐的程度。

篠原抬头,摄影机捕捉到回到桌旁的妹妹。妹妹对着摄影机——也就是对着我——开心地微笑。

"哥以前很喜欢这首歌,对吧?"

我把摄影机音量调得更大。

没错,这是很久以前我很喜欢的一首歌。曲调开朗、活力十足而且欢乐。我甚至忘了自己喜欢这种歌,还会主动哼唱。

这时影片突然结束了。

母亲在,姐姐在,我在,妹妹也在。我强烈地禁止自己回想起那健全的每一天。可是听到当时那首歌的瞬间,这个禁忌解开了。不是我想解开,而是它自己迸开了。与歌曲一同流泻而出的回忆旋涡似的搅动着胸口。一股感情激烈地涌上心头。我的身体知道，那个情景已不复存在，不存在于任何地方。我感到一股身体被撕裂的痛楚。从今而后，我一定得无数次承受这样的痛楚。

我关掉摄影机电源，钻进被窝。妹妹在楼下还醒着吗？希望她多分泌点生长激素，长得更大、更坚强。即使听到那时候的歌，也能觉得当时是喜欢的、快乐的。因为当时真的是，喜欢也真的是快乐的，没必要连这个事实都抹杀。如果像我这样软弱没出息，心里只有一个小小的盆子，在装进快乐的回忆之前，就会先被悲伤给填满了。妹妹心中一定有个大盆子，即使碰上悲伤的事，还是有空间可以好好地把快乐和开心的事物容纳进来，让妹妹在里面尽情地游弋——希望。

我走下厨房，看见篠原在那里。
我反射性地拿起摄影机拍摄。
她也没有闪避，沉默了一会儿。
"你在拍什么？"
她朝着我倒水喝的背影说。

"拍到什么好东西了吗?"

她的口气就像在问今天狩猎的成果。

没什么好东西。好东西只存在于过去。如果能拍到过去,真不知道该有多好,但那样一来,或许我将永远沉浸在过去当中,再也回不来了。

"我在拍现在。"算不上反驳的反驳自口中溜出。

因为我只能拍到现在。过去是拍不到的。

"如果你要拍现在,就放下摄影机。我觉得那样更要现在多了。"

我忍不住把眼睛从摄影机后移开,用肉眼看篠原。

不行。透过摄影机画面,我可以很正常地说话,然而没有滤镜,实在是太刺眼了。

"你会饿吗?"

原本就要把眼睛移回画面的我再一次看她。

"我做了饭团。要不要放下摄影机来吃?"

我忍不住稍微笑了一下。我甚至好久没笑了。

"难道是我妹拜托你的?"

她微微摇头。

"你想让我变回普通人?"

她又摇头。她低头看了桌子一阵子后,开口说:"与其说是为了你,倒不如说是为了遥花。"

你刚才还说不是我妹拜托的。

"我很担心,一直跟永远活在过去的人住在一起,遥花可能会窒息。"

"等一下,我并没有活在过去。如果能活在过去,我一定会那么做,但可惜我没办法活在过去。像这样跟你说话的,是现在的我。"

回过神时,我眼睛盯着摄影机画面。如果不看着画面,我甚至无法像这样说话吧。

"透过摄影机说话,不就等于是在对过去说话吗?请你看着现在在这里、在你眼前的我说话。不,我无所谓,请你对遥花这样做吧。"

我只是透过摄影机而已,并不觉得是在对过去说话。我跟遥花当然也是实时性地在交谈。只是实时并不等同于现实罢了。

"篠原,'现在'并不等于人生啊。"

摄影机的画面映出黑发的少女。

"这种东西怎么可能是人生呢?"

她直盯着笑起来的我看。

"有一次遥花放歌,然后你停止摄影了,对吧?"

她突然这么说,我支吾起来。

"有吗?"

"遥花说,这是哥哥以前很喜欢的一首歌,结果你就放下摄影机……"

对了,画面在中途就断了。难道当时我内心甚至慌乱到被这个女生识破了吗?

"你一边流泪,一边哼歌。"

"胡说!"

我立刻反驳,声音像短促的尖叫。胡说八道。我没有哼歌,也没有流泪。

"在我看来,你就像在重活一次过去。但也可能不是这样。哼歌的你,流泪的你,都是现在的你。你是正在寻回。"

"寻回什么?"

我是在寻回什么吗?我一面拍摄,即使拍到的瞬间依序变成了过去，我也想这样拼命地活在当下。

"你不知道该寻回什么。我也是一样。"篠原以严肃的声音，字斟句酌地说。

我可以透过画面感受到这一点。

"你看着影片，有没有发现？"

篠原从包着保鲜膜的盘子中拿起一颗饭团递给我。画面中，黑色的长发摇晃着。

"我的头发总是一样长，发型也都一样。"

是，这样，吗？我记不太清楚。篠原开始来我家，应该已经过了一年。要一直维持相同的发型，应该需要付出相当大的心力吧。她一定相当勤于保养头发。

"这是假发。"

画面中的篠原笑也不笑地说。

"我的真发被剃掉了。"

顿时，我说不出话来。

母亲最后没有头发、也没有眉毛的身影掠过脑海。

"篠原，原来你生病了吗？"

我不认为自己动摇了，声音却沙哑了。

画面中的篠原慢慢地摇头。

"不是。我是被欺负了。"

我盯着画面说不出话来的时候,她一鼓作气接着说:"我被一群人押着,用理发剪剃光了头发。衣服和书包也被剪得稀巴烂。我回不了家,这时遥花来了。她明知道如果帮我,一定也会一起被欺负,却在其他人都视而不见的情况下,把我带回家了。"

画面中的篠原表情不变。她再也不会激动了吗?没那回事。我认为她已经决定了要掌控自我的感情。

"然后我开始不敢上学,每天呕吐。父母买了假发给我戴,等头发长长,但戴上假发我照样吐,可是不戴又想死。尤其是夜里。我害怕日期又前进一天,害怕明天来临,我怕得要死,无计可施,如果没有人来抱住我发抖的身体,我就会一直抖下去,觉得这样下去我就要疯了。"

"你爸妈呢?"

"爸妈好像都提心吊胆地对待我。他们应该很担心我,但我实在没法开口请他们一直抱着我。所以我经常来打扰府上。"

篠原在画面里低头行了个礼。

打扰府上？

"哦。"

我不小心发出呆笨的应声。我不好说出其实我完全没发现她说的打扰。

"你都在半夜来找遥花呢。对不起，我之前都没有发现。"

妹妹叫我晚上十点入睡，就是这个原因吗？她甚至没有告诉哥哥，一个人保护着朋友吗？

那么遥花呢？不是说如果帮了篠原，连遥花也会被欺负吗？

我关掉摄影机，摆到桌上。觉得自己窝囊透了，无力的笑从喉底断续涌了上来。至少可以找我商量一下啊。这表示我连商量的价值也没有吧。

"遥花一直紧紧地抱住我。我只是哭泣、发抖，但有一次我发现到遥花怀里的温度才是'现在'，我赫然清醒，觉得继续为已经过去的事情哭泣发抖实在太蠢了。"

我默默聆听篠原在桌子另一头说。

我觉得这女生的坚强才让人觉得蠢。尽管觉得蠢，我却又重复着蠢事。

"可是，我到现在还是无法放下假发。"

发丝摇晃。都过了一年了，假发底下的真发应该也长长了。即使如此仍然无法摆脱假发，原来这女生失去的事物是那么重要吗？

我想认为没那回事。虽然我没有资格去想，但我还是想要这么想。即使失去，还是可以找回来。或许需要时间，或许已经面目全非，但总有一天一定还能再找回来。

我以为遥花习惯了哥哥成天摄影，或是为哥哥虽然得透过摄影机但总算能过着正常的生活而欣慰，并接纳了这样的我。事实应该相去不远吧。可是我呢？我只是让遥花接纳就满足了，连承受了许多负担、或许已经摇摇欲坠的妹妹都无法去关怀体恤，这样的哥哥算什么？

包括篠原在内，我从来没有深思过遥花朋友的事。这也就是说，我从来没有深思过遥花的事。她的朋友是多是少？她单方面支撑着傻哥哥，但与朋友是彼此扶持的吗？我一厢情愿地认为妹妹那么善良开朗，一定有很多朋友。因为如果真是这样,我就轻松多了。我就不必烦心了。妹妹是用什么样的心态、出于什么样的想法把篠原带来家里,我连想都没想过。

"我想遥花一定希望你活在当下……虽然由我来说也没什么说服力。"

活生生的篠原不是对着桌上的摄影机镜头,而是对着这里的活生生的我说话。

活生生的人很脆弱。一点腔调的转变就能让人不安,光是回看对方的眼睛,心脏就猛跳个不停。好讨厌这种感觉。讨厌到都想逃跑了。

就算叫我活在当下,我也感觉不到当下的真实。当下。现在,在这里与篠原说话的当下。

"我可以开窗吗?"

我如坐针毡,站了起来。拉开窗户,冷风一下子扑了进来,全身好似绷紧了。秋意比想象中的更浓。总是如此。现实总是稍微偏离了我的想象。

"现在是十月吗?"我回头问。

"你连这都不晓得吗?"篠原觉得好笑似的睁圆了

眼睛。

"其实我不晓得是哪年的十月。"我老实招出,她咯咯轻笑。

原来十月的天空这么蔚蓝吗?原来风这么舒服吗?难道这天空的蓝就是当下吗?这舒适的风也是当下吗?

"这是怎么了!"

听到叫声,我回过头去,妹妹杵在从玄关进厨房的门口处,夸张地双手捂嘴。

我主动打开窗户,而且把摄影机搁在桌上,篠原笑着跟我说话。妹妹一副不晓得该从何问起的表情,交互看着我们俩。

她的惊奇,一定也是当下。当下是风,当下是笑,是泪,是欢愉,是悲伤,是惊奇。

"有饭团。"

篠原对妹妹说。

"谢谢。"

妹妹一副还没有从兴奋中清醒的模样,也不坐下,拿起一颗饭团就啃了起来。这么说来我也饿了。

"好吃。"

啊——我惊觉。好吃也是当下。即使当下迟早会过去，然后我们三个人也改变了，但好吃仍是当下。即使在不久后掺进了别的记忆之中，只要忆起，随时都是当下。

"谢谢。"我对饭团行礼说。

我还没有勇气对篠原和妹妹面对面道谢。就这样默默吃起饭团。

"说到好吃，我想起来了。"

妹妹伸手拿第二颗饭团说。

"听说有家叫HARAI的餐厅超好吃的。"

"啊，HARAI我也听过。"

"嗯，我一直想去看看。"妹妹说，转头看我。

"哥，要不要去？我们三个人一起。"

篠原也看我。

"我、我不用了。"

我忍不住用眼睛搜寻起摄影机来。

"摄影机带去就行了嘛。就算店里的人不高兴，反正你边拍边吃就行了。"

那样不行。不只是隔了好几年才出门,而且还是要去餐厅。既然如此,如果可能,我想不带摄影机去。不,我要去吗?我打算去吗?——嗯,我心中的小人点点头。

不用勉强。为了让自己安心,摄影机也可以带去,若不宽容一点,门槛一下子设得太高,可能会害自己跌倒。那天以后,还有更多更多的门槛要跨越。长得像杂草的头发也该先去剪一下比较好吧。不只是头发,个子也长高了。我有衣服可以穿去餐厅吗?

"不用想得太难。"妹妹在说服犹豫不决的篠原。

篠原也好一阵子没有在人前露脸了吧。篠原发现我在看她,问:"你觉得呢?"

我无法想象自己在餐厅吃饭的样子,但我想看看篠原吃饭的样子。

"一起去吧。"

一起去品尝当下吧——我心里想,但这话实在太做作,我羞得说不出口。

"让我想一下。"

篠原说,妹妹点点头。慢慢考虑就行了。我也趁这段时间复健一下吧。先走出玄关,然后去超市,接着是图书馆,或许像这样拉长距离也不错。

篠原打开手机看月历,说:"要去的话,最好这个月就去。趁着决心还没有淡掉以前。"

"不用急啦,这个月不行的话就下个月,下个月不行的话再下个月。慢慢来吧。"

我以为篠原默默在听遥花的话,但她坚决地抬起头来:"我要以月底为目标。三十一日怎么样?"

三十一日吗?还有半个月。我能在那之前放下摄影机吗?现在虽然不觉得,但比方说即使篠原戴着假发去,遥花和我都不会怎么样,就算我带着摄影机边拍边吃,她们也会接纳我。我开始觉得即使无法放下摄影机,只要能活下去就好了。

"那就三十一日,六点。"

"六点不会太早吗?"

"可是我们家规定十点就要上床睡觉。"

我说,遥花和篠原都轻笑起来。瞬间,我把手伸向摄影机。"当下"。我想要把她们的笑容收进摄影机里。

预约 5

她总是在黄色灯号亮起时出现——拥挤不堪的餐厅人潮总算逐渐退去,不停煎欧姆蛋的手已经发麻,视野开始变得一片朦胧不清的黄色时。

饭店二楼的自助式餐厅是开放式厨房,客人要吃意大利面,就到意大利面区排队,要吃牛排就到牛排区排队,要吃点心就到点心区排队,看着厨师现场调理,想吃多少,就取走多少刚烹调完成的料理。原本应该是这种方式的,现在却无法发挥功能。

因为涌入的人潮超出了原先规划的量好几倍,根本无法讲究什么现场烹调、只取想要的量。这都是因为附近开了一家大型名牌折扣购物中心。购物中心里面好像也有餐厅,但听说既贵又难吃,而且总是人满为患,大排长龙。由于没有其他地方可以用餐,客人便集中到这里来了。生意兴隆,或许也不坏,但现场人员可没法这么去感激。

想吃欧姆蛋就排欧姆蛋区,而负责煎欧姆蛋的正是我。

我做过洗碗的、备料的,总算升级到做欧姆蛋的了。正统美味的欧姆蛋,可不是任何人都能轻易煎出来的。轻柔地打破蛋壳,搅拌蛋液,等煎锅温度恰到好处了,就把蛋液倒入。即将凝固的时候,大大地搅拌一两次,接下来就运用手劲甩动煎锅,将内容物翻转过来。于是又松又软的欧姆蛋便完成了。煎好,随即优雅地切分给客人。

原本我的工作应该是这样的。可是由于客人络绎不绝,不管再怎么煎、再怎么分,都没完没了。我开始觉得欧姆蛋不是欧姆蛋,忍不住纳闷起欧姆蛋是什么东西来了?

眼球渐渐僵固不动，只看得到铁板上的黄色团状物，然后四周乱哄哄的喧闹声也变得宛如遥远的浪涛声。不久后，黄色开始明灭闪烁起来，是黄灯。蛋的黄色看起来就像红绿灯的黄灯。

第一次看到她的时候，我觉得眼前的黄灯似乎一瞬间变成了绿色。连自己都觉得奇怪。我在灼热的煎锅前眨了好几下眼睛，想要确定绿色的真面目。可是揉揉眼睛再次望去，眼前的她是个没有任何奇异之处的一般美女，穿的衣服也是白色系的衬衫和深蓝色的裙子，身上没有任何绿色的服饰配件。

身材苗条，额头宽阔，相貌聪慧，栗色的长发在后脑绑成一束。年纪大概比我年长一些，约过了二十五岁吧。尽管身上没有一样东西是绿的，我却在她身上感觉到绿意。

就像原本阻挡在前方警告危险的灯号忽然消失，视野大开，指示我可以继续前进。在欧姆蛋区排队的她、用盘子从我手中的小铲子接过欧姆蛋的她、走出去的她、在座位坐下的她。看来她是一个人来的。要一个人在如此拥挤的餐厅找到座位,我觉得是件难事。她似乎是一个人也不以为苦的类型。真坚强——我心想。但结果还是不明白为什么她会是绿色。

一旦开始注意她,后来我就时时看到她了。她约莫一星期来一次,多的时候会来上两三次。总是一个人。很多人都把盘子装到吃不完,她却只拿自己吃得下的量,并且吃得干干净净,不会剩下。光是这样,她在我心目中的存在感便没来由地一下子提高了。

我当然明白这是我的妄想。实际上,从我所在的欧姆蛋区只能远远地看到坐在桌旁的她的背影,根本看不到她的盘子到底有没有吃干净。即使如此,我还是了如指掌地清楚。她会把盘子里的东西吃干净。吃完后,她会静静地合掌感谢:我吃饱了。这一瞬间,我的胸口微微震动了。

当然,从我这里看不见她合掌感谢的模样。可是我懂,她一定……

"喂,欧姆蛋快点啦。"

排队的客人尖锐的声音让我赫然回神。我好像神游去了。我急忙放好欧姆蛋,递出盘子。

她绝对不会发出这种声音。她不会说责备别人的话,而是文静地、津津有味地享用餐点。

我明白。这是妄想。我根本不晓得她是什么样的人,她对我更是一无所知。况且我本身也不明白她究竟是哪里如此吸引我。如果她一阵子没出现,我就会希望她快点来,让我看看她;可是如果她连续两天出现,我就会祈祷她不要来,不要来。因为这样明天我也会期待她来。更何况,我觉得根本没必要在这种人潮拥挤的店里吃饭。

不要来,不要来,我祈祷着,不要来这种店。可是我也祈祷着快来,快来,我希望你来。希望你多吃一些,吃得津津有味地笑着。不,不行。不能觉得这种店的东西好吃。如果要吃真正好吃的东西,我会更加精心烹调,让你享用。

啊啊,这样根本是妄想狂了。我无法发挥原本的厨艺,连这股不满都一起重叠在对她的妄想上了。我来做。她来吃。她笑着享用,合掌感谢。这让我完全满足了。她挥手离去。

"喂,欧姆蛋焦掉了。"

客人提醒,我回过神来。没有焦。但已经不是半熟的、柔滑软嫩的欧姆蛋了。硬要形容的话,那是一团凝固的黄色蛋白质。

煎得过熟,边缘变褐变硬的欧姆蛋确实不是欧姆蛋了。但这不光是我的错。都是客人不该一次来这么多。我没时间一个个用心煎,所以先一次煎好,放在铁板上。看到眼前煎久了不再柔嫩美味而逐渐变硬的欧姆蛋,我的胃一阵揪紧,痛了起来。眼底也好痛。连太阳穴也阵阵发痛。

可是,这时我忽然感到疼痛一下子轻柔地缓和了。是她朝着欧姆蛋区走来了。光是视野一隅瞧见她的身影,胃痛和眼睛痛就不晓得消失到哪里去了。尽管纳闷她何必常来这种店,脸颊却不由自主地笑了开来。既然她都来了,不要这种诡异的假煎蛋,我来为她做份真正美味的欧姆蛋吧。

我确定她排进队伍,算准轮到她的时机,开始着手煎起一份特别美味的欧姆蛋。如果被发现就不得了了，但一定不会有人发现的。她会很开心吧。不，或许不会开心。她不会发现那是只为了她一个人特别制作的欧姆蛋。这样就行了。不用发现也没关系。只要她觉得好吃就够了。

我成功地将松松软软的欧姆蛋放到她的盘子上，有种达成了非凡事业的成就感。可是她好像没有发现。不管是只有她一个人的欧姆蛋形状不一样，还是我对她的凝视，甚至是我的存在本身。或许她也不会发现这个欧姆蛋特别好吃。

想到这里我有点沮丧，可是我又换了个想法。即使没有发现，好吃就是好吃。即使没有意识到，只要好吃，她就能感受到那美味的幸福。只要她能在不知不觉间变得幸福就好了。

她端着盛有我的欧姆蛋的白色盘子离开料理台时，我甚至有种达成稚气告白的感觉。

就在我愉快地打蛋搅拌的时候——

"不好意思。"

又是抱怨？我边想边抬头，没想到站在那里的是她。她拿着欧姆蛋的盘子定定地看我。

"什么事？"

心脏猛地一跳。看到她，闪烁的黄灯就会变绿——应该。然而现在黄灯却变成了红灯。

"不好意思，这蛋煎坏了。"

她递出来的盘子上确实放着我为她特别制作的欧姆蛋。我把视线从盘子移到她的脸上，她那张美丽的脸涨得红红的，有点瞪人似的看着我。

"烂烂的，没熟。"

"啊……对不起。"

我连同盘子一起收下，切下铁板上煎得硬邦邦的欧姆蛋，放到叠在旁边的新盘子里。把盘子递给她后，她简短地说了声"谢谢"。

原来她没有吃过真正的欧姆蛋。

这个事实伴随着轻微眩晕般的冲击打击了我，接着留下了寂静微波般的愉悦。总有一天，我要让她知道什么才是真正好吃的欧姆蛋。没错，这个点子好。这才是通往正确欧姆蛋的阶段。我陶醉地望着被说成煎坏的正确欧姆蛋的残骸——虽然很快就被客人的催促给打断了。

午餐时间总算结束，进入休息时间。应该有一小时的休息时间，却总是被各种杂务占据压缩，吃完员工午餐，才刚稍微放松，马上又到了晚餐的备料时间。

即使如此，我还是尽快吃完，回宿舍一趟。宿舍在离我工作的饭店步行五分钟的地方。扣掉往返的十分钟，就没什么时间了。但我还是一定会回去一趟，因为我想让累坏的身体躺一下，还有就算只有一点时间也好，我想准备一下考试。

厨师考试就快到了。我在这里已经做了四年，所以符合实务经验的资格。问题是笔试。毕竟我对所有的学科都很不擅长，加上每天工作太忙，没时间准备。我觉得除非从现在开始铆足劲来念书，否则绝对考不上。我甚至有种未战先败的心态，觉得就算没考过也无所谓了。

今天我也打算回宿舍，走出饭店后门时，碰到一个女生摇摇晃晃地从员工厕所走出来。平常我一定会装作没看到,这次却无法如此。因为那个人是她。

她发现停下脚步的我,垂下头就要经过。当然,她不知道我是谁,也不想知道吧。但我不一样。我想知道她,想认识她,想了解她。

"不好意思。"

我忍不住出声叫住她。

"你在这里工作?"

她短短地蹙了一下眉头,然后微微摇头。这里虽然是员工厕所,但也只是位于紧急逃生梯的旁边,外面的人也不是不能使用。

"不是,我在附近的购物中心工作。"

是那家最近开张的名牌折扣购物中心吧。

"这里的餐厅很好吃,所以我常来。"

"谢谢。可是真的好吃吗?你刚才把欧姆蛋退回来了。"

我说,她好像这才发现了。

"啊,你是煎欧姆蛋的……刚才真是不好意思。"

"不,总比勉强吃下去要好。有时候我会看到你吃得津津有味。"

我觉得我鼓起了莫大的勇气才说出这些,然而她却"啊哈"地轻笑。不愧是美女,习惯被称赞了。

"我都会吃到很饱。我的营养几乎全是在那家餐厅补充的。"

她说完后,语调变得阴沉了些:"刚才的欧姆蛋,跟我以前吃过的欧姆蛋很像。"

"啊,是这样啊。"

她一定是吃到很难吃的欧姆蛋吧。或者是跟不好的回忆连结在一起了?

"以前住一起的奶奶常做给我,叫软滑蛋。表面是凝固的,但筷子一夹就会破掉,里面是半熟的。"

那不是做得非常成功的欧姆蛋吗?

"然后口味是甜的。那是吃饭时的配菜,可是是甜的,淋酱油来吃。"

"那是什么地方的乡土料理吗?"

她微微偏头:"不晓得。可是那就是软滑蛋。刚才的欧姆蛋吃起来跟那个非常像,可是不甜,让我有种遭到背叛的感觉。对不起,我应该直接剩下来就好了。"

"不会,"我摇摇头,"不管厨师再怎么精心制作,也比不过你奶奶的软滑蛋。料理或许就是这样的。"

然后我说出一直担心的事:"你的脸色看起来不太好,你没事吧?"

听到我的话,她倏地用双手按住了自己的脸颊。我以为她比我年长几岁,但这么一看,感觉比我稚气多了。她就这样拍了两下脸颊,然后用力点点头,就像在说"我没事"。接着她循着我的视线瞥向厕所门。她不会是在厕所吐了吧?

"哦,这里……"

她说到一半,有点尴尬地垂下头。

"这边的厕所不是有简易床铺吗?我是来借那个的。"

简易床铺?女厕有这种东西吗?男厕没有。

"难道是婴儿用的?"

"不,不是婴儿用的,那尺寸至少可以让小朋友轻松躺上去。"

小个子的她也在那里躺着休息吗?

"你是不是真的不舒服啊?"

她再一次摇摇头。

"不是,只是很困而已。我没事了。"

她说,展颜微笑。

"那么我走了。"

"嗯,再见。"

如果她再来吃就太好了,就算她喜欢硬的欧姆蛋更胜于浓稠软嫩的欧姆蛋。

应该这样就结束的。可是她从后面叫住了就要从员工通行门离开的我。

"唉,那里通到哪里去?"

我半开着门,回过头去。

"饭店后面,榉木路那边。"

"哦?"她露出考虑的神情,"难道你是要回宿舍?"

"对。"

"哦?"她再一次说。"我可以一起去吗?"

我点头,毫不犹豫。虽然叫员工通行门,但也没有规定只有员工可以走吧,我想。

然而她说的一起去,好像不是单纯指一起从员工通行门走出去而已。我经过饭店后方往宿舍走去,她也跟在旁边一起走。她一走起来,感觉柔软的长发便随之飘曳,让原本形象文静的她散发出某种跃动感。

"啊,我要往这边走。"

我在转角指着左边说。

"那我也走那边。"

她跟了上来。可以跟她走在一起,我很高兴,可是总觉得古怪。

"呃,你要跟到哪里?"

走到宿舍前时,我这么问。

"到这里。"

她指着我住的员工男宿舍。我一头雾水。

"只有住这里的人可以进去吗?"

"也没有……规定是说不能带女生进去啦。"

"我觉得这样要求有点厚脸皮,可是……"她欲言又止,"如果你愿意,可以让我看你的房间吗?"

她说,露出甜美的笑容。啊,这个人明白自己的笑容有多甜,才会像这样对人微笑——我心想。她一定也明白只要这么笑着拜托,别人不可能拒绝。

"我房间没什么好玩的。"

我说,她开心地笑着道谢。我不明白她在想什么,也觉得不用明白。

宿舍是现在难得一见的老房子,我们在公共玄关脱鞋进去。一楼有共享的厨房、饭厅、浴室、洗衣间,二三楼是各人的房间。听说我搬进来的那年才在各个房间装了厕所,在那之前一定非常不方便吧。

我从玄关开始向她介绍。她的黑色小皮鞋收进共享的鞋柜时,我甚至好似获得了细微的感动。这下我觉得不管她的目的是什么都无所谓了。

我带她到二楼房间,她站在门口,稀罕地东张西望,"咦?""哦?"地发出没有意义的呢喃,看起来并不像要开始传教或是拉保险之类。

忽然间,她的视线定住了。她在看房间角落,杂乱堆放的书本杂志山旁有个木柜。

"我可以看吗?"

她回头指着那里说。

"可以呀。"

我犹豫着该不该说"没什么好玩的"。可是就算不说,反正她等一下就知道了——知道没有什么好玩的东西,也就是我这人没什么意思。我的书、我的CD、我的服装、我说的话,似乎会让人感到无聊,也就是对我这人感到无聊。

"要泡个茶吗?"

我问,但她背对着我,在CD架前蹲了下来。

我把矿泉水瓶里的水倒进热水壶。可是按下开关以后,几乎就无事可做了。只要把即溶咖啡或红茶丢进马克杯里,接下来就只等倒热水了。

这个房间从来没有客人来访,所以我疏于准备了。咖啡只有即溶的,红茶只有茶包,真丢脸。

"唉,可以播这个吗?"

她回过头来,手里拿着一片CD,我也没仔细看,直接点了点头。我觉得不管放哪一张都一样。

就在热水壶开始咻咻响的同时,小音箱传出了音乐声。

霍尔斯特的《行星组曲》。

我本来以为是"木星",结果是"水星"。我吃了一惊望向她。她侧耳聆听,发现我的视线,慢慢地展颜微笑。

或许这没有什么好吃惊的。霍尔斯特的《行星组曲》非常有名,甚至被收进学校的音乐教材。其中"木星"广为人知,但其他的"火星""金星"也是耳熟能详的曲子。即使她碰巧选了"水星",就一厢情愿地认为我俩之间有红线相连,也未免太自作多情。不过从许多CD里面挑选了这一张,又从里面选了"水星"播放,这对我来说,仍是有些特别的巧合。

"你喜欢'水星'?"

我问,她默默点头,嘴巴好像微微动了,我留神望去。哒哩啦哒哩啦哒哩啦……她用几乎听不见的细微歌声在哼着"水星"。

"水星"与《行星组曲》中其他庄严的曲子相比,曲风丕变,轻快可爱。甚至拿去当迪士尼电影的配乐也没问题。而她正配合着CD,认真地哼着开头的部分。

哒——哩啦哒哩啦哒哩啦……

留神去听，她并不是在哼容易跟唱的主旋律。一下爬到主旋律上方，一下又钻到底下，灵活跳跃，装饰着乐曲，也就是……

"难道是单簧？"

她哼着，只用眼神表示同意。她是在哼"水星"的单簧管部。行家似的说出"单簧"两个字，让我有些难为情。但仿佛被这个词和她的歌声所牵引，一个情景在我眼前复苏。

秋季的傍晚，从初中校门延伸出来的平缓坡道。风吹过，芒草在柏油路旁摇摆。我们管乐队练习到很晚，正在回家的归途上。脚下的路就快黑得看不见，我们拖着疲惫不堪的脚走过，不知是谁起的头，大家唱了起来。是再三反覆练习的曲子"水星"。我们各自唱着自己负责的乐器部分，边走边哼，用肉声演奏着总是用乐器合奏的曲子。同伴的歌声像乐器般融合在一起，化成一首乐曲，然后与挂在天空的行星重叠在一起。

那个时候仰望的天空是不是看得到水星，我不是很清楚。可是我们相信孤零零地挂在刚染上暮色的西方天际的那颗星星就是水星。我真的睽违好久，又忆起了那颗星星的白光。

我悄悄地把自己的声音重叠在她的声音上。短短一瞬间，感觉煞风景的宿舍房中出现了一颗闪亮的小水星。

"记得小时候，我因为听到这首曲子，才开始学单簧。就是为了吹这首曲子。"

我记得看到她的时候，黄灯变成了绿灯。感觉被允许从一直原地踏步的黄灯处继续前进。

停下来！如果不停下来，就快前进！——这就是黄灯。

我被变成绿色的灯号推了出去。或许总算可以从这里前进一步了。从尽是在宿舍与职场往返的、不停地煎着假欧姆蛋的每一天踏出一步，即使只有一步。

可是就要抬起的右脚就这样静止在半空中。因为她用哼唱着"水星"的同一张嘴，说出与音乐完全迥异的话来。

"我有个请求。"

啊，果然——我会这么想，连自己都觉得意外。我悄悄放下右脚。如果无事相求，她不可能会跟我这么亲近。

我无比后悔,原以为可以托她的福而继续前进,还为此兴奋激动。

"我觉得这样要求很厚脸皮。"

她刚才好像也说过同样的话。这个人一定经常这样要求别人。她刚才说的是什么去了?我觉得这样要求有点厚脸皮,可以让我看看你的房间吗?

她的声音有些迟疑。其实我没有心理准备去接纳她的迟疑。我忍不住就要把视线从她身上移开,但是勉强撑住了。

"可以让我一星期一次,在白天用一下这个房间吗?"

"可以呀。"

我觉得我会当场回答,是因为我已经不抱期望了。不管是对她还是对我。

可是我才刚回答,她的表情便一下子闪耀起来。黑色的眼睛睁得圆圆的,就像个小孩子般。

"真的吗?你不问吗?"

"问什么?"

"问我要做什么。"

我想了一下。大概三秒吧。

"你要做什么都行。"

"好慷慨！"

她一脸孩子气地欢呼，然后一本正经地说："其实我是想睡觉。"

然后她慌忙改口。

"是我很困的意思。"

"咦？白天吗？"

白天的水星忽然掠过脑里。她把垂落前方的发丝撩到耳后，点了点头。

"我吃过午饭以后，就会非常想睡。有时候甚至会在回去工作的路上走到睡着。会摇摇晃晃，绊到东西跌倒，就算在厕所睡觉，也会滚到地上摔伤，一点好事也没有。我总是想，如果可以躺个二十分钟，不晓得会有多幸福……啊，我不会睡你的棉被，放心。只要借我一张榻榻米，让我躺一下就好。"

"为什么？"

为什么会那么想睡？为什么要拜托我？为什么要唱

"水星"？为什么会觉得在不认识的男人房间睡午觉不会有事？

各种疑问闪过脑中，但结果我支吾了一下，顶多只能问："何必在那种地方客气？"

明明提出那么不客气又古怪的请求。

别说二十分钟，要睡上一小时还是两小时都没问题。躺一张榻榻米跟躺六张榻榻米也没什么差别，要多少空间都拿去用吧，当然要睡棉被也行。可是既然她都这么莫名其妙地客套了，我觉得我也必须克制一下，不能提供太多。

"其实我从以前就知道这里有宿舍了。我一直觉得如果住的地方就在公司附近，一定很棒。可是如果没有吃到类似软滑蛋的欧姆蛋，我应该不会请你让我看房间吧。"

"谁晓得呢？"

我说，她点了点头继续说："还有霍尔斯特的'水星'。我本来好喜欢的，却完全忘记了。我爸喜欢古典音乐，有很多CD，也很喜欢我听古典乐。我听了'水星'以后，爱上单簧管，说我想学单簧，我爸也全力支持我。能想起幸福的小时候，真是太好了。一想到都是爸爸，还有每次去玩都会做软滑蛋给我的奶奶支持着我,我才能有今天,就觉得必须全心全意去做我现在能做到的事。"

幸福的回忆支持着这个人。

不只是回想得出来的幸福而已。人似乎是由回想不出来的无数回忆所构成的。不管是幸福还是不幸福,喜悦的回忆或是悲伤的片段。

就像并非美丽的回忆就这样建构起一个人的美,悲伤的回忆有时也会构筑起人的体恤,不管是好事还是坏事,一旦深深地渗透到人的内在,就会在某个时候以意想不到的形式显露出来。

我的父亲只听演歌,但我喜欢"水星",也吹单簧管。我没有吃过软滑蛋,成长过程中也并非总是充满特别美味的料理,但我喜欢做菜。拥有的回忆与没有的回忆彼此滋养、牵制,并由此塑造了现在的我。

比方说,我觉得水的记忆有时会化成冰或海,显现在人生之中。吃了欧姆蛋,转化成寻找午睡用的房间的行动,也是有可能的事吧。

"这个房间真好。我完全不认识你,可是看到这个房间,我觉得你应该是个好人。"

我端出茶包泡的红茶,心里想着:我是好人吗?

"谢谢。"

既然能在应该没什么特征可言的我的房间里找出特征,并且夸它是个好房间,那么她一定也是个好人吧。她与我之间,或许还有什么尚未显现出来的回忆,彼此相连。光是这么想,我知道一股深刻的喜悦涌上心头。我也想成为她记忆中的一部分。

"晚上我在学戏剧。"

她忽然说,我不知道如何应对,可是她好像不在意。她用双手捧着马克杯,继续说道:"白天工作,晚上练习,注意到的时候,我无时无刻都困得要命。"

真意外。她的气质跟华丽的舞台感觉距离颇远。

"怎么了?哪里好笑?"

她这么说,我才发现自己好像笑了。

喜欢软滑蛋、学过单簧管、夸这个房间好的人,现在在学戏剧。完全看不出关联。可是我想要认为它们都是有关联的。即使现在像这样一边聊天,一边喝着淡红茶的场面不会变成往后特别回想起来的鲜明记忆,我也想要成为形塑她的几万分之一。而这或许会在某一天,在某处,支撑着她。

"我说你干吗笑啊?"

"没事。对不起。"

因为我好开心。

即使她不觉得我为她做的欧姆蛋好吃,如果它能在她心中、在我心中变成共同的记忆,我觉得那就是个奇迹。

不过……

"下次要不要一起去吃好吃的欧姆蛋?"

好吃的东西就是好吃,快乐的事情就是快乐,如果能够共享纯粹地沁入心胸的美好时光,一定可以更加幸福。

"意思是不是你做的欧姆蛋?"

"嗯。今天我做的欧姆蛋被打回票了嘛。我知道一家不管什么人去吃,都绝对会夸好吃的店。不只是欧姆蛋,那里每一道菜都真的很好吃。"

"那家店随便就可以去吗?"

随便就可以去吗?面朝车站前的环形交叉口,小小的老餐厅。总是高朋满座,充满温暖的热闹气息。不管点哪一道菜,都一样美味出色,令客人们不禁展露笑容。HARAI。我憧憬的店。

如果哪天能和她一起去吃,一定会很棒。那里或许没有软滑蛋,但一定可以品尝到成为她珍贵回忆的一道菜。

如果哪天能一起去。

如果哪天能在那里工作。

"应该不能随便进去吧。至少我还得再更努力实习才有办法。"

还得先拿到厨师执照。

这次我注意到她笑了起来。

"不是单纯去吃而已呢。是需要实习的店?"

她说,拿着马克杯站起来。

"红茶很好喝,谢谢你的招待。我差不多该走了。"

我看看时钟,真的,我也得走了。

我从书桌抽屉拿出从没用过的备份钥匙给她。递给她的时候,心脏猛地跳了一下。笨蛋,居然失常了。她又不是每天都会来,只会趁我不在的时候来房间午睡而已。

"下星期我们剧团有公演。等公演结束可以吗?"

就要打开房门前,她回头说。

"等公演结束?"

"嗯。这个月……应该会是十月底了。三十一号怎么样?"

什么东西怎么样?我想了一下才发现。

"你是说一起去吃欧姆蛋?"

结果已经在门外走廊的她的声音回笑道:"不是你约的吗?"

既然有剧团公演,那得先去看公演才行。她也会登台吗?她说她还在学戏剧,或许还没有被分配到角色。

不,在那之前,我得先设法通过厨师考试才行。为了在三十一日可以笑着面对她。

啊,可是总之先打电话预约HARAI吧。打电话给那家店名听说在某地语言是"放晴"意思的HARAI。

"六点可以吗?"

正要下楼的她听到我的声音,笑容满面地回过头来。

预约 6

那股味道不晓得从哪里飘了过来。很难用语言形容。刺激着鼻腔深处再深处的酸味与焦臭，里头还掺着一丝甜甜的气味。

如果气味有颜色，我觉得那应该会是类似焦糖烧焦的颜色。实际上如果把焦糖烧焦了，锅底会沾上漆黑的焦痕，所以该说是黑色的气味才对吗？以印象来说，比起黑色，更接近焦茶色，是不小心把原本应该会很好吃的东西凄惨地烧焦了的颜色。

我直视着前方行走，以避免看到气味飘来的地方。久违了的这个城镇，车站前的环形交叉口人潮汹涌。因为今天举行了春秋各一次的二手书市。这个城镇并不大。我本来打算从傍晚悠闲地四处逛到晚上,但因为那个气味,让原本应该愉快无比的时光被浇了盆冷水。

小时候的我并不知道这个气味是特别的。我不喜欢它,但也没有特别讨厌,只觉得是偶尔会闻到的味道罢了。然而这个味道却总是带来古怪的不祥之感。

"唉,这是什么味道?"

我问,爸妈一起歪起脑袋,纳闷我在说什么。有时候还会笑出来。

"留香,你鼻子真灵敏。"

有时候他们会这么说,然后摸摸我的头。所以我一直不明白原来其他人是闻不到这个味道的。

有一次因为做法事,所有的亲戚都集合到父亲那边的本家。是曾祖父逝世五十年忌日,是已经不太会勾起悲伤的法事。当时我十岁,应该读小学四年级或五年级。寺院的法会结束,开始用餐时,我突然闻到了那股味道。飘来的味道前所未见地浓烈。好像是从姗姗来迟、才刚在我斜对面坐下的叔叔身上传来的。叔叔是四兄弟里排行爸爸底下的一个,就住在附近,所以我们两家常来往。

那天叔叔带着婶婶,还有就快满一岁的堂妹一起来。我曾经听到爸妈在讨论要把珍藏的我的好衣服全部送给那个叫久留美的小堂妹。当时我只觉得"哦,这样",并没有什么特别的感慨,反倒好像是松了一口气。一岁时买的好衣服,两岁时买的好衣服,三岁时买的好衣服……如果有人能好好地穿上它们,物尽其用,我觉得也不错。其实那些衣服应该是要留给我的妹妹穿的,但后来我终究没有妹妹,也没有弟弟。

总而言之,叔叔跟我们亲近到甚至要把我最好的衣服送给他们。所以我觉得可以毫无顾忌地与他交谈。

"叔叔,你身上有味道。"

酸酸的、焦焦的味道。味道浓成这样,周围的人不可能没有发现。然而叔叔却用他一贯的爽朗笑容看着我说:"讨厌啦,留香,叔叔很臭吗?"

然后他把西装袖子按到鼻子上闻了闻。那味道浓到不必放到鼻子前也闻得到。看到抱着婴儿坐在叔叔对面平静微笑的婶婶,我才头一次怀疑起我真的嗅觉很好吗?

婶婶好像也没闻到这个味道。会不会并非周围的人鼻子不好,而是我的鼻子有毛病?

"不好意思,这孩子嗅觉好像有点特别。"妈妈打圆场说。

叔叔也没有被冒犯的样子,问我上学好不好玩,有没有心仪的男生。可是我完全无法回答。因为叔叔越是跟我说话,那个味道就越刺鼻。为什么别人闻不到这个味道?还是他们只是假装没闻到?我混乱了。

这个时候,我和从上座望着这里的祖母四目相接了。祖母住在本家,我们只有过年的时候才会见面。我动辄听父亲提起祖母是个很严厉的人。祖母隔着好几个人的头,若有似无地向我点点头。我不懂点头的意思,但祖母的眼神很严肃,我便也向她点头。

吃完饭,散会以后,我看到祖母和叔叔两个人站在停车场角落。这天下午很冷,黑色的枝丫上开着白色的梅花。祖母穿着黑色的和服,腰杆挺得直直的。一旁,刚才还那么快活开心的叔叔现在却表情扭曲。

叔叔在哭。坐上父亲的车子以后我才发现。

"爸爸，叔叔在哭。"

我从后车座说。

"叔叔怎么会哭？"

父亲笑着否定。我觉得说得也是。就算祖母再怎么严厉，也不会故意把正开心的大人骂哭吧。我告诉自己，一定是我看错了。

可是，我当然没法就这么相信。大个子的叔叔在自己的母亲面前低垂着头。而祖母的表情我记得并不可怕。还有那个味道。对我点头的信号。许许多多的符号都朝着某个方向蠢蠢欲动。

后来过了没多久，叔叔失踪了。我只听到父母皱着眉头提到什么期货、借款，不清楚详情。听说婶婶跟久留美毫不知情，就这么被抛在家里。叔叔跑掉，问题就能解决了吗？我不懂。不过当时正值四月女儿节的时候，我记得我担心久留美是不是也好好地吃到女儿节点心了呢？即使爸爸不在了，如果久留美可以跟妈妈两个人一起庆祝女儿节就好了。

或许我是不想承认只有我闻得到的气味是不祥的。

后来也是，比方说大学考试和就职考试的时候，我记得也经常隐约闻到那种味道。很明显的线索。我好希望自己没发现到，就这么忽略它。

即使在没有大型节目的日常生活中，味道也经常不知从何传来，勾起我的不安。一直要到更后来，我才终于认清那股焦香酸甜的气味究竟是什么。而当时我已经二十三岁了。我发现公司会计部门一个漂亮的前辈散发出强烈的气味，一阵心惊。她的味道好浓，浓到令我哀伤。几个星期后，她被警方逮捕了。据说是做假账。我最后看到她苍白的侧脸清楚地这么写着：做错了。

原来那是犯错的气味。遇人不淑、挪用公司款项的她，究竟是在什么地方、在哪里做错了？做假账是历历可见的错事。可是那个时候比起做假账，或许她与男人的关系生变才是更大的过错。被坏男人欺骗、遇上那种坏男人，在旁人的眼中是一种错误，但如果像这样一一否定，就不晓得该追溯到哪里才好了。错误会往前回溯，不知不觉侵蚀掉大半人生，最后连呱呱落地的瞬间，都非得视为是一桩错误不可了。被错误侵蚀的她，一定会失去活下去的力气吧。

我想着她的错，一阵栗然。

我闻得到犯错的味道。

这岂不是与生俱来的错误吗？

闻到味道的时候就已经太迟了。有人已经犯下错事了。只知道某人的命运中无从挽救的悲哀部分，我该如何是好？如果是这种味道，不知道也罢。

一个人在房间独处的时候，我也曾隐约闻到过味道。是我自己做错事的味道。发现这一点后，我一下子冷静下来了。既然能察觉自己的错误，一定能派上用场。如果能在即将犯错之前警觉到，还有挽回的余地。

每次闻到味道，我就细细地检查身边，从感觉会失败的事情抽手。不管是前途、人际关系，都重新选择没有味道的一边，尽可能步步为营，稳扎稳打，然后我觉得我成功了。

就是那错误的味道。在二手书市的正中央，我闻到好久没闻到的强烈味道。是刚才擦身而过的那个人吗？

我不想扯上关系，瞬间垂下头去，所以不知道那是什么样的人。如果是来参观二手书市的人，那还真是讽刺。居然在充斥着智慧、知识、推理、故事这些事物的二手书市里闻到那种味道。

无意间，我想起了叔叔。叔叔也喜欢看书。那件事已经过去近二十年了。平常我根本连叔叔的脸都不会想起来，不知为何，现在他的笑容却历历在目地回忆起来了。

我停下脚步，仰望天空。静静地做了个深呼吸后，提心吊胆地环顾周围。不是叔叔。不可能是叔叔——尽管这么想，与那天相同的强烈气味却让我满腔难过。

圆环内侧种着树。好像是山茱萸。枝丫上并没有花朵绽放，我却仿佛看到白色的小花摇晃着。是梅花。那次五十周年忌日的停车场上绽放的梅花。

瞬间我回头寻找背影。那天的叔叔背影。不，我真正在找的，或许是那之前的快活背影。道路两侧是成排的临时摊贩。穿西装的上班族、女学生、老人家，形形色色的客人一边逛摊子一边漫步。

没有叔叔的背影，但我看到一个蜷缩的穿白衬衫的瘦弱背影踽踽独行。我毫不犹豫地小步跑过去。我悄悄追上那人，从后面说："呃，不好意思。"

那个人没有回头。他弓着背，快步不断前行。我在落后半步的地方跟了一段路。

"不好意思。"

我再一次出声，对方好像吓了一跳，停下脚步回头。是个比当时的叔叔还要年轻许多的青年。

青年虽然回头了，嘴巴却紧抿着，不发一语。可笑的是，我也说不出话来。我完全没想到要怎么开口就叫住人家了。

"如果方便……"

声音从喉咙深处挤了出来。我鼓足了劲。我觉得我是在对那天的叔叔说话。

"如果方便，要不要一起喝个茶？"

隔了一拍，青年坚决地摇头。

"不用了。"

"啊，呃，我不是什么奇怪的人。喏，那边有自动贩卖机，我们去那里买点热饮，在附近找张长椅坐着喝吧。"

我坚持说,同时用眼睛扫视,但花坛附近每一张长椅都坐满了。

"我现在不想喝茶。"

青年一板一眼地回话。

"不一定要喝茶,果汁或咖啡都可以。"

"我的意思是,我现在不想喝果汁也不想喝咖啡。我没那个心情。"

青年的口气差点变得粗鲁,他说到这里用力闭上了嘴巴。他是发现没必要在这里跟陌生人纠缠不清吧。

"对不起。"我先道歉说。

然后我无法克制地再加上一句:"回去的时候路上请小心。"

我忍不住强调"回去"两个字。因为他的脚步令人感觉会就这样不知道走去哪里。如果他能好好地回到家,那就好了。

青年沉默了一会儿,但没有要跨步离开的样子。他把手插在裤袋里,看着地面。我以为他掉了东西,忍不住跟着看地上。

"我没有地方可以回去了。"

青年的声音从头上降下来,我急忙抬头。

"才没那种事。一定有地方……"

我焦急地说,语尾抖了起来。

"一定有地方可以回去的。"

自己的话听起来居然这么假,我都快昏倒了。我连这个人犯了什么错都不晓得,怎么能毫无根据地说什么一定有地方可以回去?这种不负责任的话谁听得进去?我觉得我的嘴巴一定飘出了比犯错更糟糕的味道。

可是青年慢慢地抬起头来了。

"喝个茶好了。"

然后他回望红色的自动贩卖机。

"仔细想想,我喉咙好渴。"

勉强挤出笑容的嘴巴很不自然,令人心痛。其实他刚才说的"没那个心情",应该最直接地表达出他现在的心情吧。就算喝茶,也不可能改变什么。但非改变不可。否则这个人感觉也会就这样消失到什么地方去。

怎么办?我该怎么做才好?我找不到答案,买了两罐茶，一罐递给他。长椅都坐满了，所以我们在人行道旁的花坛边缘坐下来。

他刚才说他渴了，却没有喝茶，脚在身前打直，头抬着，但不用说是坐在旁边的我，连眼前来来去去的行人、周围的绿地、许久不见的晴空，他似乎都没有看进眼里。

果然。我根本无能为力。这我从以前就已经经历过好几次了。就算发现什么人犯错了，也不能怎么样。即使鼓起勇气攀谈，也无法再踏出更进一步。那样的话，干脆打一开始就不要发现更好。

我焦急地想要设法舒缓他的心情，嘴唇却像灌了铅似的，甚至无法张开。旁边散发出浓得化不开的犯错气味，我待在旁边，觉得肺部受到压迫，难受极了。

"我的工作是种菊花苗。"

青年以干燥的声音娓娓道来，姿势就跟刚才完全一样，一手紧握着连盖子都没打开的矿泉水瓶。

"然而我却调错了温度。"

我想要"哦"或"嗯"地附和，却只能点头。

"害得几千株苗没有一棵活下来。"

电车发出巨响驶过。几千株苗。是彼岸①时节常看到的菊花吧。

"我到底在干吗啊。温度管理明明是基本中的基本。"

我原本紧张万分,不晓得他究竟犯了什么大错,结果大为落空。菊花。菊花?不是期货失败也不是考试失利,也不是做假账被揭发,而是菊花。是花。花跟犯错实在很难联想在一起。世上有各式各样的人,有五花八门的职业,也有形形色色的错误。

"你种的菊花,呃,是濒临绝种的品种吗?"

青年面无表情地看我。

"什么意思?"

"不,问问而已。"

"莫扎特……"

"什么?"

"听说听莫扎特有助生长,所以从刚发芽的时候开始,我就让它们听莫扎特。虽然我对莫扎特一点兴趣也没有。"

---

①春分及秋分前后各三日,为期一周的时间,日本人习惯在这段时间祭拜超度故人,是源自于佛教的习俗。

"你是说给菊花听音乐吗?"

青年点点头。

"听说这样可以让花开得更漂亮。"

青年说,静静地叹了一口气。

"早知如此,我就把卡拉OK搬进温室,唱喜欢的歌给它们听了。"

不能把别人犯的错当成芝麻小事对待。若非当事人,是无法估量犯的错有多沉重的。可是,也有些事正是因为不是当事人,才能够了解。这个人一定可以撑过去的。他不会因为这次犯错而灰心丧气吧。因为是菊花吗?因为可以感觉到他对菊花的感情吗?我觉得还有感情在,就不会有事。

这个人去卡拉OK都唱些什么歌呢?听到他的歌,会开出什么样的菊花来呢?

我悄悄偷看坐在旁边垂头丧气的青年,结果他突然抬起头来。

"谢谢你请客。"

他一手稍微举起根本没喝的茶,从花坛边站了起来。

"那我走了。"

我觉得他应该不会有事了。可是站起来的他看起来好似背对太阳摇晃着,让我忽然不安起来了。

叔叔那时候我也没发现。不只是我,婶婶、身为叔叔哥哥的爸爸也都没有发现。如果去到什么地方,可以就此解脱,那还算好的,可是一定没办法的。叔叔是不是永远忘不了他逃离的地方、他抛下的亲友呢?

"等一下。"

我急忙站起来叫住他,语气情不自禁地变得强硬。

"明天可不可以再见个面?"

我想起了不晓得多少年没想起的堂妹还是小婴儿的脸。这个年轻人应该还没有孩子吧。可是我不能让他的家人碰上那种事。

"咦?"青年一脸不可思议地眨眼。

"我觉得如果约定要再见面,你就会遵守,遵守约定之后,就会想要回家。"

"等一下,我不懂你在说什么。"

我也不懂自己在说什么。我突然觉得丢脸。只是路人的我,不可能把一个人从犯错的深渊中拉上来。

"对不起,没关系,忘记我说的话吧。"

我一边行礼赔罪,一边祈祷他可以忘记自己犯的错。如果没那么容易只忘掉过错,那干脆把所有的一切都稀释掉就行了。吃饭、搭电车、睡觉,只要提高这些日常琐事的浓度,就能把犯的错稀释掉。那样的话,受到的伤害就能减少。应该不会演变成非得遁世离群的重大打击吧。

"你怎么了?"

抬头一看,青年还在那里。他站在那里直盯着我看。

"不,我没事。"

"那不是没事的表情。你还好吗?"

我才想这么问呢。出了什么事的不是你吗?可是我什么也不能说。

"谢谢你,我没事。"

我好好地面露微笑了吗?如果无能为力,至少希望能以开朗的笑容面对他。面对接下来又要再次被自己所犯的错给摧折的人。

秋天的二手书市非常晴朗,秋高气爽。站前应该没有农地,却有一股麦穗般的怀念气味乘着清澈的风而来。

我突然被人从后面叫住,吃了一惊。

"不好意思。"是年轻男人的声音。回头一看,那是个陌生人,我更吃惊了。认错人的时候,认错和被认错都一样尴尬。我心想对方一定也很尴尬,没想到他一脸笑吟吟的。他对身旁的女生低喃了一两句话,女生也顿时绽放笑容。

"总算见到你了。"

被陌生的脸孔这么说,我急了起来。这么说来,我觉得这声音好像在哪里听过。是谁呢?是在哪里见过呢?还是只是他认错人了?

大概是察觉到我的困惑吧,他再说了一次"不好意思"。

"不好意思,大概半年前,我们在这里见过一次。因为不晓得要怎么找你,每次我经过这里都会东张西望,看看你会不会经过。"

"啊……"

因为氛围完全不同了,我没有认出来。

"难道你是那个种菊花的?"

那个时候几乎枯萎的人吸饱了水分以后,原来居然这么挺拔吗?我几乎得抬头仰望他。

"原来你还记得我。我一直很后悔。那个时候你救了我,我却连声谢谢也没说。"

"别这样说,我什么忙都没帮上。你看起来完全恢复了,太好了。"

说出口之后,我马上就后悔了。什么完全恢复了,说得好像他之前得了什么糟糕的病一样。

糟糕的病——这么说来,之前遇到他的时候,我正好买了那样的书。是在逛二手书市时找到的书,书名叫《致死的疾病》。我喜欢书,也常看书,但总是避免去读关于不治之症的作品。因为我一定会哭。明知道一定会哭,却又去读,就像明明注意到气味,却不去闪避错误一样。

所以我也不懂我怎么会挑了那本书。那本褐色封面的书,是我跟其他几本书一起在那时候的二手书市买的。

"如果你没有伸出援手,我现在不晓得怎么样了。我真的很感激你。"

我觉得有点毛毛的。我又没做什么了不起的事,值得他这样感谢。

"你这样说不对,因为我真的没做什么。"

"不好意思……"

青年旁边的女生客气地插嘴了。短发、肤色白皙,看起来乖巧可爱。

"他说的是真的。他说他失魂落魄地走在路上,结果有个好心人拉了他一把。那人陪他喝了茶,说说话,让他总算找回了自我。"

我叫住这个散发出犯错气味的人,买了自动贩卖机的茶请他,这是事实。可是也只有这样而已。就连我买给他的茶,他也连一口都没喝。我并没有提出什么建议,也无法给予任何安慰。

"听说你非常温柔地笑了这个种死了全部的菊苗而沮丧到谷底的人。"

笑了这个人?不是对这个人笑?

"什么?"

我不太懂她的意思。我不记得我笑了。

可是眼前的青年还有女孩看起来都不像在开玩笑。两人在二手书市的人潮中笔直站立着。

"你现在有空吗？如果方便，可以一起喝个茶吗？啊，不是自动贩卖机的茶。"青年一鼓作气说。

女生回望环形交叉口接着说："那里有一家很好吃的店，平常总是预约客满，不过这个时段的话，或许可以喝个茶。"

人行道两侧是成排陈列着二手书的摊子。只有公交车及出租车能进入的马路在内侧画了个圆，里面是广场，沿着周围摆了许多长椅，中央有座不怎么大的喷泉。喷泉的水正好停了，可以看到另一头。另一头也是一样，沿着人行道有二手书的摊位。再更过去的地方，几家店铺里有一间红色的屋檐突出，她就是指着那家店。

"这种日子，人或许还是很多吧。"

她介意着周围的摊贩似的说。

"我去看一下。"

她接着说，也不待愣住的我回话，便跑向餐厅那里。

青年目送她的背影，行了个礼说："不好意思，也没经你同意。可是我真的一直想再见你一次，跟你说说话。"

"你的女朋友人很好。"

我说，青年害臊地笑了。

"老实说，我完全没有自觉，是她发现你救了我的。"

我弄不清楚状况，无法回话。

"在她指出来之前，我都不明白自己的状况有多危险。"

青年平静地说，实在不像在谈论什么危险的内容。

"那天我勉强回到了家，夜深以后打电话给她，却没办法说出菊花的事。我说不出口啊。我很喜欢她，也信赖她，却说不出口。过了几天以后，我稍微冷静下来，才总算下定决心告诉她。"

我看见水停的喷泉另一头，红色屋檐的餐厅拱形的门打开，女生走了出来。后面貌似店员的人跟出来，对着她行礼。

青年注意到我的视线，回头去看。

"啊，好像客满了。"

青年好像是从女生折回来的模样看了出来,表情有些歉疚。

"再找其他的店吧。"

"不,不用了,已经可以了。我什么也没做,却被你这样感谢,都觉得过意不去了。"

散发出那么强烈的气味的青年,现在却能如此爽朗地笑着,简直就像奇迹。幸好还能再见面。目睹他能像这样重新来过、重新振作,我甚至都想感谢他了。

我对折回来的女生和青年微笑。

"那么我走了。你还记得我,我才觉得开心。谢谢你。"

结果女生激烈地摇头。她外表像个孩子,但实际年龄大概是二十岁左右吧。感觉不像高中生。

"拜托你,请给我们一点时间。我有事想跟你说。"

我不懂为什么不是青年,而是她会这么拜托。

"不要为难人家,人家——这位小姐或许不方便啊。"

听到"这位小姐",我忍不住笑了。

"我姓小泉。小泉留香。"

"啊,不好意思,我叫水野史树。"

"我叫佐伯久留美。"

三个人站在人行道上彼此弯腰行礼,总觉得距离一下子拉近了。

"那咱们再用自动贩卖机的茶干杯好吗?"

我说,女生开心地点点头,立刻跑向自动贩卖机。

"喝茶可以吗?"

她气喘吁吁地回来,把手中的一瓶递给我。我们就像半年前那样,在花坛边缘并坐下来,青年坐在中间。

"我一直在想,如果可以见到你,"女生喝了一口茶,开始说道,"我想谢谢你救了他,也想请你传授我诀窍。"

什么诀窍?我什么诀窍都没有啊。

"类似克服难关的诀窍。我很不安。我知道自己碰上重大的打击时会变得很脆弱。我缺少意志力,也不够机灵。"

我试想自己差不多在她那个年纪的时候,是什么样子?我有意志力吗?我机灵吗?当然不。现在也是一样。

"遇上事情时,我一定会不晓得该如何克服。我害怕那样。"

"我觉得那是杞人忧天。"

我不知道还能怎么说。没有什么克服不克服的。能够克服的时候就能克服,不能克服的时候,不管怎么挣扎都克服不了。我觉得就是这样的。

可是我没有勇气说什么船到桥头自然直。这样说好像我这个人很豁达,而且这种事根本没有诀窍可言。

"我更害怕的是,我重要的人出了什么事的时候,我无能为力。这次我真的痛切地体会到了。凭我是没办法的。"

"没那种事的。"

连我都觉得自己想说的内容毫无说服力。我想向青年——水野求救,往旁边看,但她——佐伯从另一边探出身体,直盯着我看。

"我觉得不会无能为力的。如果对方真的是你重要的人,你一定会拼命寻找自己能帮忙的地方。实际上,我觉得水野一定也得到你很多的支持。对吧,水野?"

我说,水野点了点头。但佐伯似乎还是无法满意。

"可是,小泉小姐连对路上擦身而过的人,都可以提供帮助。"

"没那回事。"我摇摇头。我什么都做不到。或者可以说，正因为是在路上擦身而过，我才能出声叫住对方。如果对方是更亲近的、我希望设法拉一把的对象，或许反而会不知道该如何开口。事实上至今为止，我没有帮过任何一个人。我明明可以靠气味得知谁犯了错，却没有告诉过任何人。

"如果小泉小姐那天没有叫住他，他或许不会回来了。"

"怎么会？"

我本来想说不可能，忽然想起再也没有回来的人的气味。

"谢谢你笑他。通风良好的笑真的很重要呢。"

佐伯接着说："有的时候看到别人笑，就会跟着松口气。"

"呃，我记得不太清楚了，那个时候我笑了吗？"

被夹在中间的水野轻笑了一下："我说我害菊花全部枯掉的时候，你笑了。"

"对不起,我没有意思要笑你的。"

我怎么会那么没礼貌?是听到原来只是菊花,忍不住笑了吗?如果是感觉更严重的状况,我应该不会笑的。

感觉严重的事件,感觉严重的气氛。没错,叔叔那时候也没有人笑。每个人都一语不发,眉头深锁。

"不会,你的笑,真的改变了我的视野。"

水野说,佐伯也点点头。

"换成我就不行了。我一定会跟他一样,沉下脸去,一起沮丧到谷底,然后同归于尽。"

我觉得有人一起共鸣是很重要的。可是当一个人消沉窒息,感到走投无路的时候,如果有人能对自己笑,或许心境就可以瞬间拨云见日。

"原来如此!"

我突然大声说,两人同时看我。

"原来笑就行了啊。"

不管是欠债、落榜、顺手牵羊、被坏男人骗,只要对这些人笑就行了。因为就只是犯了错而已。这样罢了。

"克尔凯郭尔写过——"

《致死的疾病》,那本书不是赚人热泪的小说,也不是纪实报道,而是一本哲学书。

"犯错本身不是病。只要不绝望就行了。"

我不是在对两个年轻人说。我觉得他们两个应该不会有事。有事的是我,是一直以来逃避着犯错的我自己。

"谢谢你们。"

似乎是被胡言乱语的我搞得一头雾水,两人面面相觑。

就算犯了错,笑就是了。只要笑就行了。一旦知道,就再也不害怕了。不管是对于犯错,还是对于活下去。

"你怎么了?"

水野的声音很讶异。

"托你们的福,我总算觉得振作起来了。真的谢谢你们,水野,佐伯……"

我就要笑着行礼,忽然介意起那女生的名字。

"佐伯久留美?"

"怎么了?"

佐伯的声音也很讶异。

"呃，佐伯，你几岁？"

"二十一。"

心脏激烈地跳动起来。现在二十一岁，名叫久留美的女生，全日本有多少人？我不知道婶婶结婚前姓什么。

"我在猜，我只是在猜……"

我的想法令自己发笑。世界才没那么小。我决定先嘲笑一下自己，然后露出最灿烂的笑容问："你认不认识一个叫小泉圭介的人？"

不认识是当然的，不用认识。我好久没提到叔叔的名字了。佐伯久留美紧盯着我看，回答说："小泉圭介是我父亲。"

一场错误拆散了我和久留美，然而错误又让我们重逢了。

我一直觉得少了什么人。我想到的总是已经变得模糊的叔叔的笑脸，不过上面总是叠着婶婶的笑脸，还有年幼的堂妹的笑脸。叔叔失踪一段日子后，婶婶便带着久留美回娘家了。我一次失去了三个亲人。

"总算见到你了。"

那天水野说的话,这次由我来说吧。

我是叔叔这边的亲戚,所以我去找久留美,或许会让婶婶觉得不高兴。即便不是如此,我也一直觉得叔叔失踪,我要负起几分之一、几十分之一的责任。这样想或许是太抬举自己了,尽管注意到那股气味,尽管点头回应了祖母的示意,我却什么也没做,这一直折磨着我的心。

我一直想再见到久留美。这是我自私的赎罪吗?自从久留美出生,我立刻赶到医院看她以后,她就一直是我心目中可爱的小天使。没法送给她的我的好衣裳,后来也没有送给任何人,就这样一直为了她而收藏着,祈祷着终有一日能够送给她。

"佐伯久留美,看来我好像是你的堂姐。"

我说,结果久留美惊讶地瞪大了眼睛,脸颊一下子兴奋得潮红。这次水野代替她跑了出去。他去了红色屋檐的店,为我们两人预约了可以预约到的最早的日子。得等上将近两个星期。十月三十一日,晚上六点。听说那家店叫HARAI。

尾声

距离约好的时间还有一阵子。

慢慢等就行了。尽管这么想,我却坐立不安起来,从里面的四人座探头看门口。

没想到还能有机会再见到久留美。这种喜悦、紧张,还有一丝担忧。或许是因为我从刚才进来的两个年轻人身上闻到了那股气味。

我从座位悄悄望过去,疑似兄妹的那两人,像妹妹的一个满面春风。相形之下,旁边像哥哥的那个显然如坐针毡,不停地挪动身体。他伸手摸摸桌上的摄影机,又立刻缩手,再摸了一次,又缩手,妹妹看不下去,笑着小声说了什么。

我从两人身上移开视线，扫视了店内一圈。这家店感觉很棒，可是现在我甚至无心欣赏装潢。久留美。我要跟她从何说起呢？久留美。

挂在墙上的盘状时钟再过十分钟就六点了。我的视线在那一带徘徊，角落有什么东西动了一下。转眼望去，好像是刚才那对兄妹中的哥哥举手招来店员。他在跟店里的女人——老板娘说什么。他仿佛全身都散发出紧张，旁边座位的妹妹守望着。青年指着摄影机，或许是在问能不能拍摄店里。或许他是独立电影的摄影师什么的。那么疑似妹妹的女生是女主角？话说回来，这摄影师看起来也太没自信了。

呵呵，我忍不住轻笑。穿着不适合的西装外套，那样胆战心惊，他一定很不习惯这种场合吧。我都想出声帮他打气了。

老板娘以柔和的笑容回答他之后，被入口附近桌位的客人叫去了。那张桌子似乎坐着的是一大家子。背对这里的银发妇人以优雅的动作向老板娘说了什么，老板娘看看时钟,静静地点头。

"少了什么人。"

我好像听到这样的声音。或许是错觉,或许我是听见了只在我心中响起的声音。没错,少了什么人。我总是怀着这样的心情过日子。少了重要的什么人——可是真是如此吗?

少了什么人。这么感觉的时候,那种寂寞、恐惧、悲伤、痛楚,都在一丝乡愁之中。与总是陪伴在身边的人、与终有一日应该要陪伴在身边的人,共享这一刻。

为了在很难预约到的这家餐厅与珍爱的对象一起共享美食,许许多多的客人云集而来。虽然介意着空位,仍期待着即将到来的美好时刻。

我仰望墙上的时钟,悄悄做了个深呼吸。我也在紧张。只剩五分钟了。对面的桌位摄影机低调地转动。其他桌位传来玻璃杯清脆碰撞的声音。厨房开始飘来芳香的气味。

如果可能,比起犯错,我更想要嗅出成功气味的能力。那样一来,我的人生或许会变得更加多彩多姿。祖母也是,应该就不会被批评为严厉的人了。可是我也觉得,我的这段人生这样就很好了。

我的鼻子确实嗅出了犯错的气味。留心深深地吸一口气,这家店里现在也有浓淡各异的那种气味盘旋着。但不是绝望。只是犯错而已。不管犯了多大的错,即使觉得错到不可挽回,总有一天还是能恢复原状。没有必要因此退出人生舞台,还可以从这里再爬上去。我觉得在爬上去的途中,景色应该也很不错的。

少了什么人。能这么想,或许是一种幸福。因为可以等待着那个现在不在此处的人。因为可以期盼获得满足的那一天。

拱形门打开,有人走进店里来。店里的每个人都满怀期待,慢慢地回头。某人等待的那个人,现在这一刻现身了。

图书在版编目（CIP）数据

好像少了谁 /（日）宫下奈都著；王华懋译. —— 海口：南海出版公司，2018.9
ISBN 978-7-5442-9202-3

Ⅰ. ①好… Ⅱ. ①宫… ②王… Ⅲ. ①长篇小说-日本-现代 Ⅳ. ①I313.45

中国版本图书馆CIP数据核字(2018)第023241号

好像少了谁
〔日〕宫下奈都 著
王华懋 译

出　　版	南海出版公司　(0898)66568511
	海口市海秀路51号星华大厦五楼　邮编 570206
发　　行	新经典发行有限公司
	电话(010)68423599　　邮箱 editor@readinglife.com
经　　销	新华书店
责任编辑	黄宁群
特邀编辑	许文婷　李佳婕
装帧设计	史文涛
封面插画	刘晓颖
内文制作	田晓波
印　　刷	北京中科印刷有限公司
开　　本	787毫米×1092毫米　1/32
印　　张	5.5
字　　数	76千
版　　次	2018年9月第1版
印　　次	2018年9月第1次印刷
书　　号	ISBN 978-7-5442-9202-3
定　　价	39.50元

版权所有，侵权必究
如有印装质量问题，请发邮件至 zhiliang@readinglife.com

著作权合同登记号　图字：30—2016—195
DAREKA GA TARINAI
©Natsu Miyashita 2011
All rights reserved.
First published in Japan in 2011 by Futabasha Publisher Ltd., Tokyo.
Simlified Chinese translation rights arranged with Futabasha Publishers Ltd.
Through Japan UNI Agency, Inc., Tokyo.
本著作之中文简体字翻译权由皇冠文化集团独家授权使用